SANTAS UNGEZOGENE HELFERIN

EIN BAD BOY LIEBESROMAN

JESSICA FOX

INHALT

1.	Clay	1
2.	Alexis	6
3.	Clay	12
4.	Alexis	17
5.	Clay	21
6.	Alexis	26
7.	Clay	31
8.	Alexis	36
9.	Clay	41
10.	Alexis	46
11.	Clay	51
12.	Alexis	56
13.	Clay	62
14.	Alexis	67
15.	Clay	71
16.	Alexis	76
17.	Eine Woche später	81
18.	Alexis	86
19.	Clay	93
20.	Alexis	97

Veröffentlicht in Deutschland:

Von: Jessica Fox

© Copyright 2020 – Jessica Fox

ISBN: 78-1-64808-206-1

ALLE RECHTE VORBEHALTEN. Kein Teil dieser Publikation darf ohne der ausdrücklichen schriftlichen, datierten und unterzeichneten Genehmigung des Autors in irgendeiner Form, elektronisch oder mechanisch, einschließlich Fotokopien, Aufzeichnungen oder durch Informationsspeicherungen oder Wiederherstellungssysteme reproduziert oder übertragen werden. storage or retrieval system without express written, dated and signed permission from the author

❦ Erstellt mit Vellum

Ich bin der Typ Mann, dem niemand sagt, was er zu tun hat. Ich bin der Typ Mann, der weiß, was er will. Ich beuge die Regeln: Alles folgt nach meinem Willen, und ich kümmere mich nicht um die Konsequenzen.

Als ich in rechtliche und finanzielle Schwierigkeiten gerate, bin ich mehr als bereit, den Deal der Staatsanwaltschaft anzunehmen, um einen Skandal zu vermeiden.

Was das für ein Deal ist? Er besagt, dass ich die Rolle des Weihnachtsmanns in einem der größten Kaufhäuser in New York spielen soll.

Ich bin entschlossen, es irgendwie hinter mich zu bringen.

Dann treffe ich Alexis.

Sie ist schüchtern, unschuldig und sexy.

Sie sollte auf jeden Fall auf der Liste der netten Mädchen stehen, aber ich werde sie auf die Liste der ungezogenen Mädchen setzen.

∽

Alexis Simone:

Das Studium ist stressig, und ich stelle fest, dass es so gut wie unmöglich ist, eine Wohltätigkeitsorganisation zu gründen.

Wie auch immer, ich bin entschlossen. Meine Zwillingsschwester ist an Leukämie gestorben, als wir Kinder waren, und ich habe es mir zum Lebensziel gemacht, ein Heilmittel zu finden.

Ich bin nicht allein, aber dann bin ich es doch.

Ich stürze mich in die Arbeit für wohltätige Zwecke. Ich habe keine Angst vor harter Arbeit und bin nicht daran interessiert, mich auf die Kerle einzulassen, die bei diesen Events auftauchen, um Frauen abzuschleppen.

Und ich hatte bestimmt nicht vor, Clay zu treffen.
Er ist jung, reich und genau der Typ Mann, den ich niemals lieben werde.
Aber wenn er mich ansieht, zittern meine Knie. Ich bin Wachs in seinen Händen.
Und er weiß es.

Es ist Winter im Big Apple, und der Geist der Weihnacht liegt in der Luft. Zumindest für den Rest der Stadt. Clay Jordan ist seit Kurzem in einen Rechtsstreit verwickelt und nicht sicher, wie er es vermeiden kann, erneut in die Schlagzeilen zu geraten.
Als er die Möglichkeit hat, sich freiwillig für wohltätige Zwecke zu engagieren, anstatt ins Gefängnis zu gehen, ist er sofort bereit, aber alles andere als glücklich darüber.
Bis er Alexis trifft. Sie ist jung, hübsch, engagiert und vor allem unschuldig. Sie ist überhaupt nicht sein Typ, aber genau die Frau, die er braucht. Er hat sie im Visier, aber es ist klar, dass sie nicht interessiert ist.
Oder doch?
Subtile Hinweise und ein heißer Moment unter dem Mistelzweig sind nötig, um das Eis zwischen ihnen zu brechen, und bald verliebt sich Alexis Hals über Kopf in einen Mann, von dem sie weiß, dass er nicht gut für sie ist.
Aber zum ersten Mal in ihrem Leben ist sie bereit, ungezogen zu sein.

1

CLAY

„Also, Larry, wie schlimm ist es?", frage ich ungeduldig. „Hören Sie auf mit den Ausflüchten und sagen Sie es mir direkt."

Am anderen Ende der Leitung wird eine Pause eingelegt, gefolgt von einem Seufzer. „Es sieht nicht gut aus, Clay. Sie wissen, dass das Finanzamt bei Steuerhinterziehung keine Gnade kennt. Warum landen wohl so viele CEOs im Gefängnis?" Er lacht, aber ich stimme nicht mit ein. Ich bin schuldig und möchte nicht, dass dies zu einem weiteren Skandal wird.

In den letzten Jahren war mein Name mehr als einmal in den Schlagzeilen. Es scheint, als könnte ich mich der Öffentlichkeit nicht entziehen, wenn ich mich ständig auf die falschen Frauen oder die falschen Außenhandelsgeschäfte einlasse. Nicht, dass es mich interessiert, was andere denken. Ich habe mehr Geld, als ich ausgeben kann, und ich habe mich noch nie von meinen Ambitionen abhalten lassen.

Selbst die größeren Probleme, mit denen ich konfrontiert war, haben mich nicht davon abgehalten, neue Geschäftspartner, Investoren und Leute zu finden, die mich bitten, bei ihnen zu investieren. Ich kann jede Frau haben, die ich will, wann immer ich will, sie morgen abservieren und zur nächsten gehen.

Ehrlich gesagt war ich in meinen Zwanzigern und bis weit in meine Dreißiger in Bestform und bin einer der jüngsten Milliardäre in der Geschichte geworden.

„Ich verstehe nicht, was daran komisch sein soll", sage ich trocken. Das Gelächter hört auf, und er räuspert sich.

„Nein, daran ist überhaupt nichts komisch", sagt er. „Aber es macht auch keinen Sinn, sich über etwas Gedanken zu machen, das man nicht kontrollieren kann."

„Sie sind derjenige, der die Kontrolle darüber hat!", knurre ich. „Sie sagten, Sie wären der beste Anwalt in New York City! Ich bin darauf angewiesen, dass Sie die ganze Sache unter den Teppich kehren und aus den Zeitungen heraushalten!"

„Das ist das ultimative Ziel. Ich weiß, dass Sie deswegen gestresst sind, aber das ist nicht nötig! Ich werde nicht grundlos als der Beste bezeichnet. Wenn Sie sich beruhigen, wird alles viel reibungsloser verlaufen", erwidert Larry herablassend und wenn er im Raum wäre, würde ich ihn wahrscheinlich schlagen.

Ich hasse es, mit Anwälten zu arbeiten. Sie sind alle gleich und mehr darauf konzentriert, was sie bei dem Fall herausschlagen können, als mir zu helfen, aus der Situation herauszukommen. Es ist mir egal, wie gut er am Ende des Tages aussieht. Mich interessiert nur, dass mein Name nicht in den Schlagzeilen landet.

„Ich werde mich beruhigen, wenn Sie mir sagen, dass ich nicht ins Gefängnis komme."

„Vertrauen Sie mir. Ich bin ein Verhandlungsexperte. Ich werde sicherstellen, dass Sie nicht ins Gefängnis müssen ..." Seine Stimme verstummt plötzlich, und ich habe den Eindruck, dass er noch mehr sagen wollte, aber die Worte nicht finden kann.

„Und?"

Er räuspert sich.

„Larry, Sie tun keinem von uns etwas Gutes, wenn Sie Geheimnisse vor mir haben. Können Sie mich vor dem Gefängnis bewahren oder nicht? Wenn ich inhaftiert werde, nachdem Sie mir gesagt haben, dass das nicht passieren wird, werden Sie es mir büßen, wenn ich rauskomme."

„Nun, darum geht es. Sie müssen nicht ins Gefängnis, wenn Sie mir die Erlaubnis geben, ganz nach meinem Ermessen zu handeln", sagt er.

„Und das bedeutet?"

„Da Sie zu keiner Ihrer Verhandlungen erscheinen werden, müssen Sie darauf vertrauen, dass ich alles für Sie erledigen werde. Keine Fragen. Außerdem sind Sie noch nicht verurteilt. Wir können hoffen, dass es nicht zu einem Schuldspruch kommt", sagt Larry optimistisch.

„Und wie stehen meine Chancen, dass das tatsächlich passiert?"

Es gibt eine weitere lange Pause an seinem Ende der Leitung, und ich frage mich, wie er den Status des besten Anwalts im Big Apple erlangt hat. Er scheint einer der schlimmsten zu sein, mit denen ich je zu tun hatte, und das ist mehr, als ich ertragen kann.

„Larry, Sie tun sich hier keinen Gefallen …"

„Sehr schlecht. Die Staatsanwaltschaft hat die Bankunterlagen und die Telefonaufzeichnungen. Wenn Sie da rauskommen wollen, hätten Sie Ihre Spuren besser verwischen sollen. Aber im Gerichtssaal sind schon seltsamere Dinge passiert."

„Meine Spuren besser verwischen? Was für ein großartiger Vorschlag von einem Rechtsberater."

„Hey, ich versuche hier so transparent wie möglich zu sein. Seien wir ehrlich, Sie sind derjenige, der es sich wirklich nicht leisten kann, verurteilt zu werden", betont Larry. Wieder kocht mein Temperament hoch. Ich wünschte, er wäre mit mir im selben Raum, damit meine Faust sein Gesicht treffen könnte. Sicher, das ist nicht die beste Art, mit seinem Anwalt umzugehen, aber er macht mich wütend, und ich bin Clay Jordan – ich muss mich nicht so behandeln lassen.

„Kümmern Sie sich so schnell wie möglich darum." Ich bemühe mich, die Anspannung in meiner Stimme nicht zu zeigen. „Können Sie wenigstens das schaffen oder brauchen Sie jemanden, der Ihnen auch dabei ständig über die Schulter sieht?"

„Ich muss mich nach Ihren Verhandlungsterminen richten. Sie möchten, dass es schnell vorbei ist, aber das System funktioniert nicht so. Es kann Monate dauern, bis wir mit der Staatsanwaltschaft etwas ausgearbeitet haben, das alle zufriedenstellt."

„Monate?"

„Es hängt davon ab, wie das Urteil ausfällt, was der Richter anbietet, und was ich annehmen darf", erklärt Larry. Er macht eine Pause, und ich weiß, dass er mich noch einmal auf Umwegen um Erlaubnis bitten will.

„Tun Sie, was nötig ist, um mich aus dem Gefängnis herauszuhalten. Hauptsache, es gibt keinen Skandal, und ich komme nicht hinter Gitter. Wenn Sie das für mich erreichen, ist es mir egal, was Sie dafür tun müssen."

Ein lautes Aufatmen ertönt am anderen Ende der Leitung, und die Fröhlichkeit kehrt wieder in die Stimme meines Anwalts zurück. „Das höre ich gern. Mr. Jordan, ich weiß Ihre Kooperationsbereitschaft zu schätzen. Es ist die beste Wahl."

Seine Schmeichelei ist unnötig, und seine Beruhigungsversuche sind wenig glaubhaft. Ich habe meine Zweifel, was ihn betrifft. Hat er das Zeug dazu, mir zu helfen? Aber meine Geschäftspartner haben mir gesagt, dass er gut ist, und ich hoffe, dass er seine Versprechen halten kann.

„Also gut, frohe Weihnachten! Nach dem Gerichtstermin am

Montag melde ich mich wieder bei Ihnen", erklingt Larrys fröhliche Stimme durch das Telefon.

„Zur Hölle mit Weihnachten."

„Jetzt klingen Sie wie ein alter Griesgram", sagt Larry, aber ich lege auf. Die Feiertage bedeuten mir seit Jahren nichts. Von Thanksgiving bis Neujahr stecke ich meinen Kopf in den Sand und versuche, das Ganze zu vergessen. Die Feiertage waren in meiner Familie nie eine große Sache. Mein Vater war immer weg, und meine Mutter hatte eine Affäre mit einem anderen Mann und war nie zu Hause.

Ich war allein, und so ist es jetzt besser.

Meine Finger verschränken sich, und mein Kopf dreht sich lustlos zum Fenster und beobachtet, wie die Schneeflocken vom Himmel fallen. Hier im dreißigsten Stock haben sie noch einen langen Weg vor sich, bevor sie unten auf der Straße landen.

Ich vergrabe mein Gesicht in meinen Händen und atme tief ein. Vielleicht hat Larry Erfolg und dieser Albtraum endet bald.

Es ist nicht wichtig, wie er das macht – Hauptsache, ich komme nicht ins Gefängnis.

2

ALEXIS

"Sir, würden Sie der *Alyssa's Friends Foundation* einen Dollar spenden? Es ist gemeinnützig und soll – okay. Oh, Miss! Entschuldigung, möchten Sie der *Alyssa's Friends Foundation* einen Dollar spenden? Nein? Okay, trotzdem frohe Weihnachten." Ich gehe zurück an meinen Platz in der Ecke des Kaufhauses und stelle mich mit meinen Flyern neben meinen leeren Tisch.

Ich lasse mich auf meinem Stuhl nieder und denke über eine neue Art nach, auf die Menschen zuzugehen. In den letzten drei Tagen hat niemand gespendet, und selbst davor wurden bisher nur magere fünfzig Dollar gesammelt. Nach einigen Wochen stecke ich mit durchdrehenden Reifen im Schlamm fest.

Es ist Weihnachten. Es sollte die Zeit des Schenkens sein, aber ich beobachte die Käufer, die mit Tüten beladen aus den Geschäften kommen. Die wahre Bedeutung des Weihnachtsfests ist der Welt verlorengegangen.

Man soll kaufen, so viel man kann, vor seinen Freunden und seiner Familie mit seinen Geschenken angeben und essen und trinken, bis man fast platzt – und das alles im Geiste der Feiertage. Darum geht es bei Weihnachten aber nicht, und das deprimiert mich.

Meine kleine Station hier wurde in der Hoffnung eingerichtet, Geld und Aufmerksamkeit für die Wohltätigkeitsorganisation zu bekommen, die ich gründen möchte. Als College-Studentin ist es nicht einfach, Zeit zu finden, um an meiner Wohltätigkeitsorganisation zu arbeiten oder mich für andere Vereine zu engagieren, aber das hindert mich nicht daran, es zu versuchen.

Jetzt, da die Weihnachtsferien oder vielmehr die Winterferien begonnen haben, bleibt mir mehr als ein Monat, um mich meiner Leidenschaft hinzugeben und meine eigene Organisation endlich zum Laufen zu bringen. Das heißt, falls jemand, der an meinem Tisch vorbeigeht, mich beachtet.

Die meiste Zeit bekomme ich nur seltsame Blicke von Passanten. Oft wedeln sie mit der Hand und schütteln den Kopf, ohne sich die Mühe zu machen, mir zuzuhören oder mir Glück zu wünschen. Würde eine andere 22-Jährige ihre gesamten Ferien opfern, um auf eigene Faust eine Wohltätigkeitsorganisation zu gründen?

Warum schenken sie mir nicht ein paar Augenblicke ihrer Zeit?

„Hallo, Sir!", beginne ich erneut, als ich den potenziellen Spender aus einem Geschäft kommen sehe. Er steckt sofort das Bluetooth in sein Ohr, und ich weiß nicht, ob er wirklich mit jemandem spricht oder mich nur meidet. In jedem Fall ist er jetzt nicht verfügbar. Das Kaufhaus hat sehr strenge Richtlinien in Bezug darauf, wen ich ansprechen darf und wen nicht. Personen, die telefonieren, Geschäfte abwickeln oder signalisieren, dass sie in Ruhe gelassen werden möchten, stehen definitiv auf letzterer Liste.

Ich lehne mich auf meinem Stuhl zurück und schaue auf den Tisch vor mir. Es gibt ein paar Kleinigkeiten, die ich mitgebracht habe und die meine Idee sowie meine Kindheit beschreiben. Mein Blick fällt auf ein Foto meiner lächelnden Schwester Alyssa.

Sie ist der Grund, warum ich diese Organisation gründen möchte, und sie ist der Grund, warum sie erfolgreich sein wird. Wir waren Zwillinge, unzertrennlich und identisch. Wir liebten dieselben Dinge, teilten dieselben Geheimnisse und schworen, niemals auseinandergerissen zu werden.

Als wir neun Jahre alt waren, wurde bei ihr Leukämie diagnostiziert. Es war ein harter Kampf, und sie kämpfte mit aller Kraft, die sie hatte, aber nach drei langen Jahren der Qual, unzähligen Behandlungen, Stunden in ihrem Krankenhausbett und genug Tränen, um einen Ozean zu füllen, starb sie still in der Nacht vor unserem zwölften Geburtstag.

Ich war am Boden zerstört. Und es wird nicht genug geforscht, um eine Heilmethode für diese schreckliche Krankheit zu finden. Sicher, es gibt Stiftungen und Krankenhäuser, die Kindern mit solchen Krankheiten helfen, aber für mich ist das nicht genug. Für Alyssa war es nicht genug. Wenn bessere Behandlungsmethoden verfügbar gewesen wären, könnte sie heute noch hier sein.

Für mich ist ihr Tod nicht nur eine Zahl in einer Statistik. Alyssa wird kein weiteres trauriges Schicksal sein. Meine Organisation wird einen Unterschied machen, und das Gesicht meiner Schwester wird ihr Markenzeichen sein. Ich stelle mir vor, wie es sein wird, wenn ich damit erfolgreich bin: Jeder auf der Welt wird wissen, wer Alyssa Simone ist.

„Guten Abend, Ma'am! Haben Sie einen Moment Zeit? Könnten Sie einen Beitrag zu einer Wohltätigkeitsorganisation leisten? Es ist Weihnachten, und ich sammle für einen guten Zweck!", sage ich zu einer älteren Frau, als sie eines der teuersten Geschäfte des Kaufhauses verlässt.

„Worum geht es?"

„Danke. Der Name der Organisation ist *Alyssa's Friends Foundation*. Sie ist für Kinder, die gegen Leukämie kämpfen." Mein Herz setzt einen Schlag aus. „Das Ziel ist, mehr Forschung zu finanzieren und hoffentlich ein Heilmittel zu finden."

„Oh, wie schön. Leider habe ich schon alles ausgegeben, was heute möglich war. Frohe Weihnachten!", ruft sie und geht weiter. Etwas sagt mir, ich soll sie verfolgen wie die Männer, die diese Maniküre-Sets verkaufen, aber ich kann es nicht. Sie hat mir ihre Antwort gegeben. Obwohl sie Hunderte von Dollar in absoluten Müll investiert hat, wird sie ihre Meinung nicht ändern.

„Miss Simone, wie geht es Ihnen heute?" Eine Stimme hinter mir erregt meine Aufmerksamkeit. Ich drehe mich mit hochgezogenen Augenbrauen um und erkenne Mr. Scott sofort. Er ist der Manager des Kaufhauses. Er läuft den ganzen Tag herum, spricht mit Kunden und dem Personal und sorgt dafür, dass alles funktioniert. Es ist selten, dass er mich zweimal ansieht. Vielleicht hat er gute Neuigkeiten?

„Mr. Scott, es freut mich, Sie zu sehen! Was kann ich für Sie tun?", frage ich lächelnd.

„Wie läuft Ihre Spendenaktion?", fragt er, während er den Tisch kritisch mustert und sein Blick über dem leeren Einmachglas neben dem Bild meiner Schwester verweilt.

„Sie läuft gut", lüge ich.

„Hm. Leider gilt für das Kaufhaus eine Richtlinie, die besagt, dass Einnahmen generiert werden müssen, wenn ein Raum mehr als ein paar Tage genutzt wird. Wissen Sie, alle anderen Anbieter zahlen eine Provision für das, was sie verkaufen. Sie nicht."

Mein Herz wird schwer. Das ist das Letzte, mit dem ich mich zusätzlich zu allem anderen befassen möchte.

„Oh, das wusste ich nicht. Da es für einen so guten Zweck ist und Weihnachten ist ... würden Sie vielleicht in Betracht ziehen, eine Ausnahme zu machen?"

„Ich fürchte nein. Die anderen Anbieter wissen, dass Sie nicht für Ihren Platz bezahlen. Wir glauben an Gleichheit, was bedeutet, dass unsere Regeln für alle gelten", antwortet er.

„Ich verstehe, aber es gibt keine andere Möglichkeit, direkten Kontakt mit der Öffentlichkeit aufzunehmen." Meine Stimme zittert.

„Regeln sind Regeln, Miss Simone. Wenn wir sie nicht durchsetzen, sind sie wertlos. Entweder Sie bezahlen für Ihren Platz oder Sie packen Ihre Sachen."

Das kann ich mir auf keinen Fall leisten. Ich komme auch so schon kaum über die Runden. Es ist schwer genug, das für die Organisation gesammelte Geld nie anzurühren. Aber ich habe meine moralischen Grundsätze, und nichts wird sie ändern. Egal wie schwierig es wird.

Ein gezwungenes Lächeln erscheint auf meinem Gesicht.

„Natürlich, danke für die Chance." Ich drehe mich um, um den Tisch abzuräumen, und bemerke den überraschten Ausdruck auf seinem Gesicht. Er dachte bestimmt, es wäre schwieriger, mich loszuwerden, aber eine Szene zu machen war noch nie mein Stil. Ich glaube an Frieden, nicht an Gewalt, um meinen Standpunkt zu vermitteln.

„Danke", sagt er. Er dreht sich um, macht aber nur ein paar Schritte, bevor er sich wieder umdreht. „Wissen Sie, es gibt eine Möglichkeit, eine Ausnahme zu machen."

„Wie meinen Sie das?" Ich blicke überrascht und hoffnungsvoll auf.

„Wir sind dabei, das Weihnachtsmann-Display einzurichten, und wir brauchen eine Elfe. Wenn Sie bereit sind, diese Position einzunehmen, leisten Sie einen Beitrag zum Geschäft und können die Eltern um Spenden bitten, während ihre Kinder fotografiert werden", sagt Scott.

„Ich nehme sie! Danke! Vielen Dank!"

Er hält seine Hände hoch, um mich zu beruhigen.

„Ich bewundere, was Sie tun, und würde gern helfen, wenn ich kann. Seien Sie morgen früh hier, und wir werden Ihnen ein Kostüm besorgen. Oh, und hier", er schaut sich um, um sicherzustellen, dass niemand ihn sieht, und gibt mir dann einen Zehn-Dollar-Schein. „Für Ihre Organisation."

Ich lächle und kämpfe gegen die Tränen in meinen Augen. „Sie haben keine Ahnung, wie viel mir das bedeutet."

„Frohe Weihnachten", antwortet er. Er verschränkt die Hände hinter dem Rücken und geht mit der königlichen Haltung davon, die er immer hat.

„Frohe Weihnachten", flüstere ich und schüttle ungläubig den Kopf. Vielleicht werden die Feiertage doch noch schön.

3

CLAY

Während ich in meinem Büro hin und her gehe, ist mein Magen verkrampft. Wann klingelt endlich das Telefon? Larry muss mir sagen, wie die Verhandlung verlaufen ist, aber sie könnte sich stundenlang hinziehen. Ich war mehr als willkommen, mich ihm anzuschließen, wollte aber nicht in der Nähe des Gerichtssaals sein.

Die Paparazzi werden mich nicht erwischen, wenn ich in Handschellen aus dem Gerichtssaal geführt werde. Es waren schon zu viele Prominente in dieser Situation, und ich bin klug genug, sie zu vermeiden. Ich bin früher schon mit dem Gesetz aneinandergeraten, aber ich bin noch nie dafür eingesperrt worden.

„Mr. Morgan ist in Leitung eins, Mr. Jordan", unterbricht mich meine Sekretärin über die Gegensprechanlage.

„Bitte notieren Sie, was er möchte."

„Er sagt, es ist dringend."

„Ich sagte, Sie sollen es notieren!" Ich spreche so laut, dass sie es auf der anderen Seite des gläsernen Büros hören kann. Sie sieht in meine Richtung. Ich werde keinen Augenkontakt herstellen. Sie ist auf meiner Gehaltsliste, nicht umgekehrt.

Ich gebe hier den Ton an. Wenn sie ein Problem damit hat, weiß sie, wo der Ausgang ist. Von meinen Mitarbeitern wird erwartet, dass sie mir gehorchen, sobald ihnen eine Anweisung erteilt wird. Ohne Frage, ohne Verzögerung und mit Sicherheit ohne Widerspruch. Es ist ein großes Privileg, Chef zu sein, und ich nutze es voll aus.

Meine Gedanken wandern zurück zur Verhandlung. Wieder kehrt der Knoten in meinem Bauch zurück. Es gibt keine Möglichkeit zu wissen, was dort diskutiert wird. Was sagt Larry dem Richter?

Wird er mich verurteilen? Gibt es einen Deal? Er hat darauf bestanden, dass ich ihm vertraue. Hat er ein Ass im Ärmel? Alle meine Geschäftspartner haben mir schließlich versichert, dass er der Beste ist, und gesagt, ich solle ihm vertrauen.

„Entschuldigen Sie, Mr. Jordan, jemand ist hier, um Sie zu sehen", kommt die Stimme meiner Sekretärin wieder durch die Gegensprechanlage.

„Verdammt, Claire! Ich habe Ihnen gesagt, dass Sie mich in Ruhe lassen sollen! Ist das so schwer zu verstehen?"

„Ich weiß, Sir. Ich war mir nicht sicher, ob das auch für Personen gilt, die hier persönlich erscheinen", antwortet sie mit Unsicherheit in ihrer Stimme.

„Ich will nicht gestört werden, verdammt noch mal!"

„Was soll ich ihnen sagen?"

„Dass sie zur Hölle fahren sollen." Sie sieht mich wieder an, ist aber klug genug, nicht trotzig zu reagieren. Sie erhebt sich von ihrem Platz und verschwindet um die Ecke, wahrscheinlich, um die unerwünschten Besucher loszuwerden.

Es ist mir egal, wer mich besuchen will. Alles, was sie wollen, kann mindestens bis heute Nachmittag warten. Wie kann Claire manchmal so dumm sein? Ich frage mich wirklich, ob es eine gute Idee war, ihr die Stelle zu geben.

Damals war es ihr Dekolleté, das mich überzeugt hat. Ich

fasse sie nie an, aber die tägliche Augenweide reicht aus, um ihre Inkompetenz zu ertragen.

Kopfschüttelnd gehe ich weiter. Die Hände habe ich auf dem Rücken verschränkt und den Kopf gereckt. Jeder, der in mein Büro sieht, könnte meinen, ich treffe gerade eine gute Geschäftsentscheidung oder setze mich mit einem Angebot für eine Investition auseinander. Die Mitarbeiter wissen nicht, was wirklich mit mir los ist oder dass meine verschwitzten Hände und meine langsame Atmung auf meine Nervosität hindeuten.

Mein privates Handy klingelt und erschreckt mich. Es ist selten, dass ich Angst habe, aber mein Temperament lodert heute wegen jeder Kleinigkeit auf und mir fehlt die Geduld für die Dummheit anderer Leute. Oder irgendeine Interaktion.

Ich sehe, dass Larry anruft und antworte schnell.

„Larry, wie ist es gelaufen?" Die Worte fliegen aus meinem Mund, bevor er die Chance hat, mich zu begrüßen.

„In gewisser Hinsicht besser als erwartet, in anderer Hinsicht nicht so gut." Ich verdrehe die Augen und stoße einen lauten, verärgerten Seufzer aus. Er redet immer um den heißen Brei herum und gibt keine klare Antwort.

„Wie lautet das Urteil? Muss ich ins Gefängnis oder nicht?"

„Deshalb sage ich, dass die Dinge nicht so gut liefen, wie wir es uns erhofft hatten." Sein Ton ist schwer zu deuten. Mein Herz rast, und die Knoten in meinem Bauch wachsen. Dies ist das Worst-Case-Szenario, und das Schlimmste daran ist, dass es keine Möglichkeit gibt, es zu ändern.

„Was meinen Sie? Es scheint mir eine recht einfache Frage zu sein, also geben Sie mir bitte eine einfache Antwort. Werde ich ins Gefängnis müssen oder nicht?"

„Trotz eines langen Kampfes ist die Jury zu einem Schuldspruch gelangt. Wir haben genügend Beweise für begründete Zweifel vorgelegt, aber der Fall ist dennoch abgeschlossen."

„Scheiße!" Also komme ich ins Gefängnis? „Verdammt,

Larry! Sie hatten einen Job zu erledigen und haben komplett versagt!"

Er murmelt etwas, aber ich bin zu aufgebracht, um ihm zuzuhören. „Wie lange werden sie mich einsperren? Hm? Wie hoch ist die Geldstrafe, die sie verhängt haben? Bestimmt muss ich Sie trotzdem für Ihre Inkompetenz bezahlen."

Larry kommt endlich zu Wort und unterbricht mich. „Warten Sie, Clay. Ich sagte, es gab einen Schuldspruch, nicht, dass Sie ins Gefängnis kommen."

Das klingt hoffnungsvoller, als ich ursprünglich dachte. „Und?"

„Atmen Sie tief ein und lassen Sie mich ausreden", verlangt er. „Das klingt zunächst schlecht, aber Sie müssen darauf vertrauen, dass alles funktioniert."

„Sagen Sie schon, Larry. Hören Sie auf, mich auf die Folter zu spannen!"

„Mit dem Schuldspruch kam eine fünfjährige Haftstrafe."

„Larry!"

„Warten Sie, unterbrechen Sie mich nicht. Ich bat Sie um Ihre Erlaubnis, alles zu tun, was ich konnte. Dafür gab es einen Grund." Mein Herz rast, und es ist schwierig, meine Atmung zu kontrollieren.

„Und das bedeutet?"

„Wir sind einen Deal eingegangen. Vielleicht gefällt er Ihnen nicht, aber er ist besser als ein orangefarbener Gefängnis-Overall."

„Was ist es? Kommen Sie endlich zur Sache!"

„Es hat sich herausgestellt, dass die *Berkshire Mall* in letzter Zeit Probleme hatte. Und diesen Monat brauchen sie einen Weihnachtsmann für die Kinder."

„Was zum Teufel soll das heißen?"

„Sie werden diese Rolle übernehmen und zwar als gute Tat. Jeglicher Erlös – und glauben Sie mir, ein Weihnachtsmann ist nicht billig – wird an das Kaufhaus zurückgehen, damit es weiter betrieben werden kann, verstehen Sie?", verkündet Larry fröhlich. „Mir wäre es auch lieber, Sie wären freigesprochen worden, aber tragen Sie nicht lieber ein Weihnachtsmannkostüm als eine Sträflingsuniform?"

„Ich hasse Weihnachten, und ich hasse Kinder. Wie zum Teufel soll ich das schaffen? Kann ich nicht etwas anderes tun?", frage ich entrüstet.

„Sie können ins Gefängnis gehen", antwortet Larry trocken. „Wenn Sie diese Aufgabe nicht erfüllen – was bedeutet, dass Sie jeden Tag da sein werden, von der Öffnung bis zur Schließung, und den Standards des Kaufhauses entsprechen müssen –, kommen Sie in Haft."

„Verdammt."

„Eigentlich ist es ein ziemlich guter Deal."

„Warum zum Teufel denkt der Richter, dass es fünf Jahre Gefängnis aufwiegt? Nur aus Neugier."

„Das Kaufhaus ist ein historisches Wahrzeichen, Clay. Niemand will es untergehen sehen. Abgesehen von gierigen Großunternehmern, wenn ich das sagen darf. Sie werden gleich morgen früh dort hingehen. Ein spezieller Code beim Betreten und Verlassen des Gebäudes bestätigt, dass Sie Ihre Bewährungsstrafe geleistet haben. Dann gehen Sie nach Hause, machen sich ein Bier auf und zählen die Tage bis Weihnachten."

„Großartig. Das klingt fantastisch."

„Das ist die richtige Einstellung!" Larry ignoriert absichtlich meinen sarkastischen Ton. „Vertrauen Sie mir, Clay, das ist die beste Option. Und wer weiß? Es könnte Ihnen etwas Gutes tun."

„Das bezweifle ich sehr."

„Eins ist sicher", sagt er in seinem immer noch ärgerlich enthusiastischen Tonfall.

„Was?"

„Sie werden Weihnachten entgegenfiebern!"

4
ALEXIS

„Wie sehe ich aus?", frage ich mit einem breiten Lächeln. Mein Elfen-Outfit ist bezaubernd, und ich freue mich darauf, für meine Wohltätigkeitsorganisation werben zu können, während ich die Kinder und ihre Eltern zum Weihnachtsmann begleite.

„Sie sehen großartig aus! Hoffen wir nur, dass unser Weihnachtsmann tatsächlich auftaucht", kommentiert Scott. Wie üblich steht er mit hinter dem Rücken verschränkten Armen da und überblickt den belebten Raum. Dem Kaufhaus geht es finanziell nicht so gut, wie es sollte, aber es sind immer noch viele Leute unterwegs.

Einige schauen sich das Schild an, das wir neben dem Stuhl des Weihnachtsmanns aufgestellt haben. Die Kinder sind alle sehr aufgeregt, obwohl es auch Eltern gibt, die nicht ganz so begeistert aussehen. Das könnte hektisch werden. Es wird eine Menge Eltern geben, die bestrebt sind, es hinter sich zu bringen, und sie werden schieben und ziehen, um ihre Kinder nach vorn zu befördern.

Ich habe noch nie zuvor bei so etwas geholfen. Hoffentlich schaffe ich es ohne große Schwierigkeiten.

„Das hoffe ich auch", erwidere ich. „Obwohl es nicht so klang, als hätte er eine Wahl nach dem, was Sie erzählt haben."

„Er wird hier sein, wenn er nicht ins Gefängnis will", antwortet Scott.

Das bringt mich zum Lachen, und er sieht mich verwirrt an. „Was ist so lustig?"

„Es ist ziemlich seltsam, dass wir jemanden als Weihnachtsmann einsetzen, der das Gesetz gebrochen hat. Es ist irgendwie ironisch."

Er lächelt und nickt. „Da stimme ich Ihnen zu."

„Sagen Sie mir noch einmal, wer er ist. Sein Name kommt mir bekannt vor."

„Clay Jordan", sagt Mr. Scott mit einem Achselzucken. „Er hat etwas mit seinen Finanzen gemacht, und das Finanzamt hat es herausgefunden. Egal. Hoffen wir einfach, dass genug Eltern ihre Kinder herbringen, um ihn zu sehen, damit wir etwas Geld verdienen können."

„Viele Leute werden hier sein. Wer möchte sein Kind nicht zu einem der reichsten Menschen in New York mitnehmen?"

„Sie müssen die Situation unter Kontrolle halten", erinnert mich Mr. Scott. „Das ist der Weihnachtsmann, über den wir hier reden, und die Kinder müssen es uns glauben."

„Sobald er sein Kostüm anzieht, wird er der perfekte Santa sein", sage ich optimistisch. „Immerhin versucht er, nicht ins Gefängnis zu kommen, oder?"

„Das ist auch etwas, das Sie für sich behalten müssen!", ruft Mr. Scott über seine Schulter, als er weggeht. „Das soll professionell sein!"

Ich verdrehe die Augen. Professionell zu sein ist kein Problem, und ich tue es, wenn ich Lust dazu habe. Aber ich werde nicht so tun, als würde mich dieser Typ beeindrucken. Er tut das nicht, weil er es will. Er wird dazu gezwungen. Er ist nur ein verwöhnter, reicher Kerl und jemand, mit dem ich nicht mehr zu tun haben möchte als nötig.

Ich bin hier zwar eine Elfe, aber mein Fokus wird darauf liegen, meine Organisation bekannt zu machen und das Vermächtnis meiner Schwester zu ehren. Wen kümmert es, wenn ein reicher Mann hier ist, während ich es tue?

Vielleicht wird er tatsächlich eine große Menschenmenge anziehen, sodass die Spenden höher ausfallen.

„Und das ist Alexis. Sie wird mit Ihnen zusammenarbeiten und die Kinder in Schach halten", kündigt Mr. Scott an, als er zurückkommt.

„Sie müssen Clay sein." Ich strecke dem Fremden neben Mr. Scott meine Hand entgegen.

„Das bin ich", sagt er kurz angebunden.

„Alexis zeigt Ihnen den Umkleideraum, in dem sie Ihr Kostüm finden. Ich hoffe, es passt", mischt sich Mr. Scott wieder ein. Ich grinse und verstecke keineswegs die Tatsache, dass ich auf den Körper dieses Kerls starre. Er ist viel attraktiver, als ich mir vorgestellt habe, und mir gefällt, was ich sehe.

Er ist ein großer, dunkelhaariger, gutaussehender Kerl und etwas an seinem Gesichtsausdruck schreit förmlich, dass er reich ist. Es mangelt ihm offenbar nicht an Selbstvertrauen, und er betrachtet mich ebenfalls unverhohlen.

„Sollen wir anfangen?" Ich fordere ihn auf, mir zu folgen. Er hat auch einen selbstsicheren Gang, und ich straffe meine Schultern und übernehme die Führung. Ich spüre, wie Mr. Scott uns anstarrt, aber ich drehe mich nicht um. Er ist eindeutig beeindruckt von diesem Mann. Es gibt viele Leute da draußen, die Geld brauchen, und dieser gierige Kerl hat Steuerbetrug begangen, um mehr zu behalten, als er sollte.

Zumindest ist das mein Urteil.

„Das Kostüm hängt dort drinnen. Ziehen Sie es einfach an und kommen Sie dann wieder zu mir. Wir haben noch ein paar

Dinge zu erledigen, bevor wir die Kinder begrüßen können", sage ich und werfe meine Haare zurück.

„Tun wir das heute schon?", fragt er mit Verdruss in seiner Stimme.

„Heute müssen wir alles vorbereiten. Sie werden natürlich helfen, aber Sie werden auch lächeln und den Kindern zuwinken. Offiziell empfangen wir die Kinder erst morgen, aber das heißt nicht, dass wir nicht für Vorfreude sorgen können", sage ich mit einem schlauen Grinsen.

Es sieht so aus, als würde er nicht hier sein wollen, und ich werde jeden Moment davon genießen. Dies wird ihm nicht nur guttun, sondern es wird auch schön sein zu sehen, wie jemand, der so überzeugt von sich ist, offen und freundlich zu Menschen sein muss, die er auf der Straße nicht zweimal ansehen würde.

„Großartig", antwortet er.

„Ziehen Sie einfach das Kostüm an und kommen Sie zu mir. Wenn es nicht passt, können wir es umtauschen. Aber es sieht so aus, als hätte es die richtige Größe. Bitte!" Ich reiche ihm das Weihnachtsmannkostüm mit einem weiteren Grinsen, und Clay nimmt es mir aus der Hand.

„Ich freue mich darauf", sage ich und gehe aus dem Raum.

Ich werde das alles viel mehr genießen, als ich sollte.

5

CLAY

Ich habe keine hohen Erwartungen in Bezug darauf, wie sich diese Sache entwickeln wird. Ich will nicht hier sein und habe das allen Beteiligten deutlich gemacht. Scott ist jemand, dem ich schon einmal begegnet bin, und er ist in Ordnung. Ich bin mir aber nicht sicher, was diese freche Brünette angeht, mit der er mich zusammenarbeiten lässt.

Sie hat nicht über ihre Vergangenheit oder den Grund, warum sie hier ist, gesprochen, obwohl ich das Gefühl habe, dass sie eine jener Frauen ist, die sich für Wohltätigkeitsorganisationen engagieren. Nicht, dass ich bestreite, dass die Welt schöner sein sollte, aber ich werde die Weihnachtszeit nie mögen und ich habe keine Angst, jeden, der mir zuhört, darauf hinzuweisen.

„Wie läuft es?", fragt Mr. Scott, als er auf uns zugeht. „Sind Sie bereit, sich von den Kindern erzählen zu lassen, was sie sich dieses Jahr vom Weihnachtsmann wünschen?"

„So bereit, wie ich nur sein kann", erwidere ich kopfschüttelnd. „Dies ist die seltsamste Strafe, die ich jemals bekommen habe."

„Ich weiß natürlich nicht viel über Ihre Situation, aber das hier ist bestimmt besser als das Gefängnis. Sie wollen Weihnachten nicht hinter Gittern verbringen, oder?"

„Ich kann nicht behaupten, dass es mich allzu sehr stören würde." Scott wirft mir einen Seitenblick zu. Er versucht herauszufinden, ob ich es ernst meine oder nicht. Na ja, ich werde ihn im Ungewissen lassen. Er hat aber recht. Es ist besser, einen weiteren Skandal oder eine hohe Geldstrafe zu vermeiden.

Wenn dies der Weg ist, meine Freiheit zu behalten, werde ich es in Kauf nehmen. Ich bin nicht unbedingt glücklich darüber, aber ich werde es ertragen.

„Ich habe gehört, dass heute einige Reporter hier sein werden", fährt Scott fort.

„Reporter?" Das Missfallen zeigt sich in meiner Stimme.

„Glauben Sie etwa nicht, dass Journalisten kommen werden, um die Weihnachtsstimmung für den Rest der Stadt einzufangen? Kommen Sie schon, Sie wissen, wie sie sind." Scott sieht mich noch einmal komisch an.

„Wie aufregend."

„Ach, kommen Sie schon, es ist nicht so schlimm. Warum machen Sie nicht einfach mit? Seien Sie der Mann, der es liebt, der Stadt etwas zurückzugeben! Die Leute sind verrückt nach solchen Dingen", erinnert mich Scott.

„Wozu?"

„Weil Sie wissen, wie Klatsch funktioniert. Wenn jemand von den Eltern Sie erkennt, werden sie darüber reden. Geben Sie ihnen etwas Gutes zum Reden!", schlägt er vor.

Ich verdrehe die Augen. „Hoffen wir, dass mich niemand erkennt. Wie ist es damit?"

„Natürlich, das können Sie hoffen, aber wenn Sie mit Alexis zusammenarbeiten, sollten Sie besser nicht vorhaben, anonym zu bleiben", neckt er mich. „Sie müssen Sie erst davon überzeugen, Stillschweigen zu bewahren."

„Sie scheint viel mehr damit beschäftigt zu sein, die Kinder zu überzeugen. Wen repräsentiert sie überhaupt? Arbeitet sie für eine dieser riesigen Wohltätigkeitsorganisationen?"

„Nicht ganz. Sie versucht, ihre eigene Organisation auf die Beine zu stellen. Nicht viele Menschen sind bereit, ihr Spenden zukommen zu lassen, und es fällt ihr schwer, Geld zu sammeln. Ich lasse sie hier arbeiten und Werbung für ihre Organisation machen, solange sie Leute anzieht", erklärte Scott. „Obwohl in Wirklichkeit der Großteil der Arbeit Ihnen zufallen wird."

„Was für eine Organisation ist das?" Mein Ton ist spöttisch. „Rettet sie Welpen aus dem Tierheim? Um sicherzugehen, dass sie zu Weihnachten alle ein Zuhause haben?"

„Das wäre gar nicht so abwegig, aber nein. Es ist etwas in Erinnerung an ihre Schwester. Ich glaube, sie hatte Leukämie", sagt Scott und schaut auf sein Handy. „Entschuldigung, ich muss diesen Anruf wirklich annehmen."

Er geht weg und hält das Telefon an sein Ohr. Ein Teil von mir fühlt sich wie ein Idiot, weil ich mich über Alexis' Wohltätigkeitsorganisation lustig gemacht habe. Sie wirkt auf mich wie jemand, der sich mehr Sorgen um Welpen und Kätzchen macht als um alles andere, was wirklich ein Problem auf der Welt ist.

„Werden Sie den ganzen Tag dort stehen oder kommen Sie jetzt, um die Kinder zu sehen?" Alexis' Stimme erfüllt die Luft hinter mir, und ich drehe mich um. Sie mustert mich von Kopf bis Fuß. „Ich denke, das müsste funktionieren."

Ich schiebe den Bart über mein Gesicht und ziehe ihn vor dem Spiegel zurecht, bevor ich mich zu ihr umdrehe. „Sollten Sie nicht die Kinder in Stimmung bringen oder so? Sie sind hier die Expertin."

„Es ist mir egal, wie Sie mich nennen, und die Kinder sind schon ziemlich aufgeregt. Meine Aufgabe ist, dafür zu sorgen, dass Sie die Abmachung einhalten", sagt sie und legt ihre Hand auf ihre Hüfte. „Es könnte Sie überraschen, wie sehr Ihr Leistungsbericht von meiner Einschätzung abhängt."

Sie bringt mich zum Lachen. „Hat Mr. Scott Sie gebeten, mich zu motivieren? Ich weiß, dass Larry in einer Million Jahren nicht zu Ihnen gekommen wäre, besonders nicht wegen so etwas."

„Was Sie von mir halten, ist irrelevant, aber bitte behandeln Sie mich mit mehr Respekt. Ich bin in der Lage, Sie und viele andere Dinge zu überwachen", erwidert sie.

„Das kann ich mir vorstellen." Sie sieht mich bei meinem Grinsen fragend an, aber ich ignoriere sie. Das Letzte, was ich möchte, ist, dass sie versucht, mich als Sponsor zu gewinnen. Meine Firma macht diesen Mist nicht, und ich werde nicht zulassen, dass sie wegen irgendeiner Bemerkung von mir weinend zu Mr. Scott rennt.

Natürlich kann er mich nicht zwingen, ihr mein Geld zu geben, aber er könnte diese Sache für mich so schwierig wie möglich machen.

„Okay, Santa Claus. Wenn wir da rausgehen, sind Sie der mollige Großvater vom Nordpol in seinem roten Kostüm. Viele kleine Kinder möchten Sie sehen, Ihnen sagen, was sie zu Weihnachten wollen, und ihren Glauben daran erneuern, dass Sie existieren", sagt Alexis, als wir durch den Flur gehen.

„Als ob sie dafür eine Bestätigung brauchen."

„Wie alt waren Sie, als Sie aufgehört haben, an den Weihnachtsmann zu glauben?", kontert sie.

„Oh, das habe ich nie getan. Meine Eltern waren immer offen und ehrlich zu mir und haben mich nie wegen der Geschenke unter dem Baum angelogen", erwidere ich mit einem lässigen Achselzucken. Sie lacht. Anscheinend lacht sie über mich.

„Das ist eines der erbärmlichsten Dinge, die ich je gehört habe. Es bedeutet nicht, seine Kinder anzulügen, sondern an Magie zu glauben. So wie es aussieht, könnten Sie definitiv etwas davon gebrauchen." Sie schüttelt den Kopf mit einem amüsierten Gesichtsausdruck. Ich möchte sie plötzlich gegen die Wand drücken.

Es ist auch so schon schwierig genug! Sie sieht gut aus, aber ihre freche Art macht es schwierig, in ihrer Nähe konzentriert zu bleiben. Es gibt viele Frauen in meinem Leben, und ich kann jede davon ins Bett bekommen.

Trotzdem lässt mich etwas an Alexis glauben, dass sie nicht so gefügig wäre. Tatsächlich habe ich den Eindruck, dass sie den Nervenkitzel der Jagd zwar mag, aber mich dabei bremsen würde, echte Fortschritte bei ihr zu erzielen.

Und das bringt mich dazu, sie noch mehr zu wollen. Diese Frau wird in meinem Bett sein – das wird passieren. Sie wird schwer herumzukriegen sein, aber die Art, wie sie mich ansieht, gibt mir ein Gefühl dafür, was in ihrem Kopf vor sich geht. Sie will es nicht zugeben, aber sie mag mich.

Sie begehrt mich.

„Versuchen Sie, glaubwürdig zu sein", sagt sie, während ich den jubelnden Kindern die Arme entgegenstrecke. Ich drehe mich um und kehre der Menge den Rücken, während ich die Treppe hinaufgehe.

„Versuchen Sie einfach mitzuhalten", sage ich grinsend.

6

ALEXIS

Am Ende der Woche ist alles besser gelaufen, als ich gedacht hatte. Clay scheint sich Mühe zu geben, zumindest vor den Kindern. Manchmal hat er einen Gesichtsausdruck, der beweist, wie wenig er da sein will, aber er will keine weiteren Probleme mit dem Gesetz, also erträgt er es.

„Gott sei Dank ist es nur noch eine Stunde, bis das Kaufhaus schließt", sage ich und schaue auf die Uhr. Es ist anstrengend, mich mit ihm zu vertragen, obwohl es auch alles andere als einfach ist, in seiner Nähe zu sein. Er ist ein arrogantes Arschloch und hält sich nicht zurück, wenn wir allein sind.

Manchmal scheint es, als würde er mit mir flirten, und manchmal ist es offensichtlich, dass er mir nur an die Wäsche will. Und beides wird nicht passieren.

Er kann flirten, so viel er will, aber ich reagiere nicht und werde es nicht tun. Er ist viel älter als ich – ungefähr fünfzehn Jahre. Er kommt aus einer Welt der Selbstsucht und Gier, während mein Leben dem Ziel gewidmet ist, anderen Menschen zu helfen.

Er macht sich über mich lustig, wenn wir unter uns sind –

dann tut er so, als wäre meine Arbeit sinnlos. Leute wie er sind Teil dessen, was mit dieser Welt nicht stimmt. Er muss endlich begreifen, dass es mehr Menschen auf dem Planeten gibt als nur ihn.

„Freut mich, das zu hören", antwortet er, ohne aufzusehen.

„Gehen Sie morgen zu der Party?", frage ich und versuche, gleichgültig zu klingen.

„Party?", antwortet er.

Er ist sich der Party voll bewusst. Mr. Scott hat das gesamte Personal in das Kaufhaus eingeladen. Es hört sich so an, als würde es viel Spaß machen. Ich mag die Art von Partys, die nicht formell sind. Diejenigen, bei denen die Leute sich gehen lassen und Spaß haben können, ohne irgendjemanden beeindrucken zu müssen.

„Ich nehme an, dass Sie hingehen." Clay dreht den Spieß um.

„Natürlich. Diese Leute sind meine Freunde", erwidere ich scharf. „Aber wenn Sie es unter Ihrer Würde finden, bei uns zu sein, ist es wahrscheinlich das Beste, wenn Sie zu Hause bleiben."

„Ich habe nichts darüber gesagt, zu Hause zu bleiben. Warum denken Sie, dass dies eine Party ist, an der ich teilnehmen möchte, wenn es unzählige andere Veranstaltungen gibt, zu denen ich eingeladen wurde? Verstehen Sie mich nicht falsch, ich bin mir sicher, dass es süß sein wird, aber es ist nicht meine Szene." Clays Tonfall ist beleidigend.

„Süß ist nicht das richtige Wort dafür. Mr. Scott leistet jedes Jahr großartige Arbeit bei der Planung dieser Veranstaltung. Dies ist das erste Mal, dass ich dabei bin, und ich freue mich darauf." Ich stampfe mit dem Fuß auf den Boden, nachdem ich es gesagt habe.

Clay sieht mich amüsiert an. Er reizt mich ganz bewusst und genießt es. Ich muss aufpassen, ihm keine Details zu geben oder

Schwäche zu zeigen. Dieser Typ wird es zu seinem Vorteil nutzen.

Der Rest des Abends vergeht schnell. Wir beenden die Vorführung, und Clay macht sich daran, in den Umkleideraum zu gehen, aber ich schiebe mich an ihm vorbei.

„Whoa, jemand hat es eilig", sagt er mit einem Grinsen. „Es hat fast den Anschein, als würden Sie nicht mit mir reden wollen."

„Das tue ich auch nicht. Leute, die zu arrogant sind, um mit anderen zusammen zu sein, sind meine Zeit nicht wert. Mein Lebensziel ist, dafür zu sorgen, dass alle Menschen auf dieser Welt fair behandelt werden. Es sind Leute wie Sie, die das schwierig machen."

Meine Hände sind auf meinen Hüften, während ich spreche. Er lacht, und sofort werden meine Wangen flammend rot. Warum geht mir dieser Mann so sehr unter die Haut?

„Was ist so lustig?"

„Sie", antwortet er kopfschüttelnd. Ich öffne meinen Mund, um mehr zu erfahren, aber Mr. Scott unterbricht uns.

„Sie beide sollen wissen, dass wir in diesem Jahr mehr Umsatz gemacht haben als seit Ewigkeiten", sagt er mit einem Grinsen.

„Das ist großartig!", sage ich begeistert und drehe mich zu ihm um. Clay wird die kalte Schulter von mir bekommen und er wird sehen, dass ich zu anderen Menschen warmherzig und freundlich sein kann. Wenn er sich so benimmt, wird er allein enden.

„Haben Sie von der Party gehört, die wir morgen Abend feiern?" Mr. Scott wendet seine Aufmerksamkeit Clay zu. „Sie sollten kommen. Sie sind Teil des Grundes, warum wir so gut dastehen. Eigentlich sind Sie der Hauptgrund."

„Clay ist sich nicht sicher, ob er seine Zeit mit Leuten wie uns verbringen kann", antworte ich. „Wir haben über genau dieses Thema gesprochen."

„Wirklich? Das ist eine Schande. Wenn Sie es sich anders überlegen, sind Sie uns willkommen. Wir werden viel essen, viel trinken und viel reden", sagt Scott lächelnd. Kann er sehen, wie sehr ich Clay hasse? Oder eher, wie sehr ich versuche, ihn nicht zu mögen?

„Ich werde darüber nachdenken", antwortet er, und die beiden geben sich die Hand.

„Ich werde da sein", sage ich mit einem Grinsen. „Wir wissen, wie man Spaß hat."

„Ich freue mich darauf", sagt Mr. Scott mit einem Lächeln. Ich sehe Clay noch einmal an, bevor ich nach hinten gehe, um meine Sachen zu holen. Ich trage nur das Elfenkleid, wenn ich zur Arbeit gehe. Es macht mir nichts aus, wie eine Elfe auszusehen, wenn meine Schicht vorbei ist. Die Leute scheinen es zu mögen.

Als ich zu meinem Schließfach gehe, um meine Handtasche zu holen, fühlte ich, wie Clays Augen auf mir kleben. Was ist in seinem Kopf los? Sein Blick ist so durchdringend, als könnte er in meine Seele sehen. Ich kämpfe darum, nicht jedes Mal rot zu werden, und er scheint zu wissen, dass er mir das antut.

Er ist nicht der Typ, der sich von Frauen einschüchtern lässt. Geschweige denn von einer Frau wie mir. Aber das muss er nicht wissen. Ich ignoriere ihn auf dem Weg zurück zur Tür und versuche, zu meinem Auto zu gelangen, bevor er auf den Parkplatz kommt.

Es gibt Zeiten, zu denen er mich nicht unverhohlen anmacht, höchstwahrscheinlich, weil wir bei der Arbeit sind, und ich habe keine Ahnung, was ich tun würde, wenn er es täte. Es wäre schwierig, nicht dafür empfänglich zu sein, obwohl ich immer noch entschlossen bin, ihn einfach zu ignorieren.

Ich starte mein Auto mit einem Seufzer und lasse es in der

bitteren Kälte warm werden. Clay kommt heraus, aber er wartet nicht darauf, dass sich sein Auto erwärmt, bevor er mit seinem Wagen wegfährt. Ich sitze in meinem geparkten Auto und starre ihm nach, als er die Straße hochfährt und außer Sichtweite verschwindet.

Ich gebe zu, dass ich wirklich hoffe, dass er zu der Party kommt. Ich möchte nicht zeigen, wie wichtig es mir ist, und ich werde es auch nicht tun. Clay ist vielleicht in der Lage, die Welt zu verführen, aber er wird ganz sicher nicht meine Gedanken lesen. Selbst wenn ich ein eiskaltes Pokerface aufsetzen muss – wenn es um ihn und sein Interesse an mir geht, hat er keine Chance.

Er hat vielleicht einen Blick in seinen Rückspiegel geworfen, als er wegfuhr. Mein Herz rast und eine Welle der Aufregung überschwemmt mich. Ich hatte in der Vergangenheit schon Verehrer, aber keinen mit der gleichen Einstellung wie Clay Jordan.

Er sieht mich so aufmerksam an. Es ist so wild, dass es Wellen der Vorfreude durch meinen ganzen Körper sendet.

Ich fahre mit meinem Auto kopfschüttelnd los und verlasse langsam den eisigen Parkplatz. Was ist über mich gekommen? Was habe ich mir dabei gedacht?

Dieser Mann ist nur vorübergehend hier. Höchstwahrscheinlich werden wir uns am Ende des Monats niemals wiedersehen. Wir sind nichts weiter als zwei Freiwillige. Nun, einer von uns jedenfalls. Die Blicke und das Flirten sind aufregend, aber sie werden nicht mehr werden.

Wie er schon sagte – wir kommen aus zwei verschiedenen Welten.

7

CLAY

Ich rücke meine Krawatte zurecht und schaue in den Spiegel, aber ich kann mich nicht entscheiden, wohin ich gehen soll. Es gibt viele Weihnachtsfeiern, viele voller Champagner, schöner Frauen und Geschäftsverbindungen. Ich hatte vor, Harley Manns Party in der Bank zu besuchen. Er ist einer der reichsten Männer und kann mir helfen, aus dieser Krise herauszukommen.

Aus irgendeinem Grund denke ich immer wieder an die Party im Kaufhaus. Was würde daran reizvoll sein? Theoretisch absolut nichts.

In Wirklichkeit bin ich besessen von einer jungen Frau.

Wie sie mich am Tag zuvor behandelt hat, war unglaublich erotisch. Sie scheint keine Frau zu sein, die nachgibt, und anscheinend ist es ihr egal, wer ich bin. Den Blicken nach zu urteilen, die sie mir den ganzen Tag zuwirft, und angesichts der Tatsache, dass sie jedes Mal, wenn ich ihr ein Kompliment mache, ihr Gesicht abwendet, begehrt sie mich.

Ich weiß, dass sie es tut.

Ich kann zu jeder Party gehen und die Chancen stehen gut, dass ich mit einer Frau nach Hause gehe. Ich will aber nicht mit irgendeiner Frau nach Hause gehen – ich will Alexis. Ich will sie auf das Bett legen und ihr zeigen, wie geschickt mein Mund ist und was es heißt, richtig gefickt zu werden.

Sie ist jung und auffallend unerfahren. Und ich will der Erste sein, der ihr den Atem raubt.

Wie viel Erfahrung hat sie überhaupt?

Mein Telefon läutet. Mein Fahrer ist angekommen. Wen ich auch treffe – ich habe vor zu feiern und werde nicht über die vereisten Straßen zurückfahren. Als ich die Treppe hinuntergehe, bin ich immer noch unentschlossen und erst als der Taxifahrer nach meinem Ziel fragt, kann ich eine Antwort geben.

„Ach, was soll's ... Bringen Sie mich zur *Berkshire Mall*."

Er sieht mich an. Er ist schon früher für mich gefahren und weiß, an welchen Partys ich gerne teilnehme. Die *Berkshire Mall* ist definitiv untypisch für mich, aber er weiß es besser, als meine Wahl zu kommentieren.

Wir fahren schweigend weiter, und ich starre aus dem Fenster auf den herumwirbelnden Schnee. Es ist schon dunkel, aber die Lichter fangen die winzigen Flocken ein und lassen sie funkeln. Es ist friedlich, aber ich kann meine Verachtung für diese Jahreszeit nicht abschütteln. In New York wird es immer kälter, und ich kann es kaum erwarten, dass die Feiertage vorüber sind und der Sommer zurückkehrt.

„Hier sind wir", sagt mein Fahrer und reißt mich aus meinen Gedanken.

„Danke." Ich bezahle ihn und steige aus dem Wagen. Warum bin ich nervös? Ich fühle mich nie nervös, aber im Moment sind Schmetterlinge in meinem Bauch und meine Handflächen werden feucht. Gleich treffe ich Leute, mit denen ich normalerweise niemals etwas zu tun haben würde, aber es gibt eine bestimmte Frau, die ich wirklich sehen möchte.

„Clay! Sie haben es geschafft!" Mr. Scott kommt mit rosigen

Wangen und einem Glas Champagner in der Hand zu mir. „Ich hätte nicht gedacht, dass Sie kommen, aber Sie sind hier!"

„Ich werde vielleicht nicht lange bleiben. Einige andere Veranstaltungen erfordern möglicherweise meine Aufmerksamkeit", sage ich schnell. „Aber es schadet mir nicht, ein paar Minuten hier vorbeizuschauen."

„Ausgezeichnet. Bedienen Sie sich am Champagner und Essen. Und mischen Sie sich unter die Leute. Sie müssen nicht den ganzen Abend auf diesem Thron sitzen!" Er zeigt auf den Stuhl hinter ihm. Ich lächle. Ich möchte ihn fragen, ob er weiß, wo Alexis ist, aber das ist nicht wirklich mein Stil. Wenn sie in der Nähe ist, wird sie mich irgendwann bemerken.

Und ich habe recht.

„Nun, sieh mal einer an, wer uns Sterbliche mit seiner Anwesenheit beehrt", sagt sie kühl, als sie mit einem Glas Champagner in der Hand herüberkommt. Sie ist Anfang zwanzig, aber der Alkohol in ihrer Hand sieht immer noch fehl am Platz aus. Als wäre sie zu jung oder vielleicht zu unschuldig.

„Ich dachte, ich sollte nachsehen, wie sich die Dinge hier entwickeln. Möchten Sie mich zum Champagnertisch begleiten?"

Sie sieht überrascht und misstrauisch aus. Dann blickt sie auf das Glas in ihrer Hand, wirbelt die Flüssigkeit herum und zuckt mit den Achseln. „Es ist nicht so, dass Sie ihn nicht selbst finden können."

„Nein, aber wenn ich hergekommen bin, um Gesellschaft zu haben, würde es mir nicht viel nützen, mich allein in eine Ecke zu setzen, oder?" Sie sieht mich noch einmal an. Misstrauen ist immer noch in ihrem Gesicht. Sie ist wahrscheinlich besorgt, dass ich sie um ein Date bitten werde. Und vielleicht nicht wegen der Frage selbst, sondern wegen ihrer Antwort.

„Dann kommen Sie schon." Sie macht sich nicht die Mühe, ihren Ärger zu verbergen. Etwas daran ist vorgetäuscht. Sie versucht nicht, mich zu necken. Es ist ihr egal. Tatsächlich baut sie eine Mauer auf, um sich gegen ihre eigenen Gefühle zu verteidigen.

Wir gehen zum Tisch, und ich nehme mir ein Glas, drehe mich zu ihr um und koste dem Champagner wie ein Gentleman. Sie bewundert meinen Anzug, und ich nutze den Moment, um ihr ein Kompliment für ihr Kleid zu machen.

„Es ist schwer, Sie zu erkennen, wenn Sie nicht wie eine Elfe gekleidet sind." Sie errötet, versucht aber, genervt auszusehen.

„Ich trage dieses Outfit nicht immer."

„Gut. Weil Sie in Ihrem Kleid viel besser aussehen."

„Und Sie sehen in Ihrem Santa-Kostüm viel besser aus, wenn Sie mich fragen", sagt sie mit einem schelmischen Grinsen. Mein Herz setzt einen Schlag aus. Ich wusste, dass sie flirten würde, wenn wir allein wären.

„Warum sagen Sie das? Sind Sie kein Fan von Bauchmuskeln?", frage ich und tätschle meinen Bauch. Sie errötet sichtbar und schaut weg. Sie hat sich wahrscheinlich die ganze Zeit gefragt, was unter meinem Hemd versteckt ist.

„Nicht genau das, worauf ich hinauswollte." Sie versteckt nicht das verlegene Grinsen auf ihrem Gesicht.

Ich will sie fragen, worauf sie hinauswollte, als wir von Mr. Scott unterbrochen werden.

„Ach je! Alle herhören! Was habe ich Ihnen gesagt?", ruft er. Wir sehen ihn überrascht an. Er zeigt über unsere Köpfe. „Ich wusste, dass dies der beste Ort ist, um irgendwann ein Duo zu fangen!"

Wir sehen auf und Alexis schnappt nach Luft. Wir befinden uns direkt unter einem Mistelzweig, was ich gar nicht bemerkt hatte, als wir zum Tisch gingen. Alexis' Reaktion nach zu urteilen, hatte sie auch keine Ahnung, dass er da war.

„Sie wissen, was das bedeutet!", drängt Scott. „Sie beide schulden uns einen Kuss!"

„Oh, ich weiß nicht", murmelt Alexis, „wird es nicht seltsam sein, wenn wir wieder zusammenarbeiten müssen?"

„Kuss! Kuss! Kuss! Kuss!", beginnt Scott zu skandieren, und es dauert nicht lange, bis der Rest der Anwesenden mitmacht. Alexis sieht unentschlossen aus. Das ist meine Chance. Ich stelle den Champagner auf den Tisch und drehe mich um, um sie in meine Arme zu nehmen. Sie kämpft nicht gegen mich an. Tatsächlich zittert sie bei meiner Berührung, und ihr Körper ist voller Vorfreude.

Meine eigene Erregung ist in meiner Hose schwer zu unterdrücken. Es besteht kein Zweifel, wonach sie sich sehnt. Wenn es eine Möglichkeit gäbe, ihr jetzt die Kleider vom Leib zu reißen und sie auf den Tisch zu legen ... Was für eine Fantasie.

Ich drücke meine Lippen auf ihre, und sie stöhnt so leise, dass niemand sonst es hört, aber ihre geröteten Wangen sagen mir, dass sie gar kein Geräusch machen wollte. Sie sieht verlegen aus, als sie sich von mir löst. Alle jubeln.

Es gibt nichts Einfacheres, als angetrunkene Leute zu unterhalten.

„Ich muss gehen", sagt Alexis leise. Sie schnappt sich ihr Glas Champagner und verschwindet in der Menge. Ich folge ihr nicht. Angesichts dessen, wie sie auf meinen Kuss reagiert hat, ist es nur eine Frage der Zeit, bis wir damit weitermachen. Es ist besser, ihn nicht zur Sprache zu bringen. Er ist der erste Schritt zu dem, was ich mit ihr machen möchte.

Vielleicht wird mein Wunsch, sie heute Abend mit nach Hause zu nehmen, doch wahr.

Es wird ein Weihnachtswunder sein.

8

ALEXIS

Ich eile in das Hinterzimmer und bete, dass Clay mir nicht folgt. Ich bin wütend auf mich selbst, weil ich nicht bemerkt habe, dass der Mistelzweig über dem Tisch hing. Mr. Scott sagte mir, er würde ihn im Zimmer verstecken, und wir waren uns einig, dass wir uns an die Regeln halten würden, wenn wir darunter erwischt werden.

Allerdings war es mir nie in den Sinn gekommen, mit Clay darunter zu stehen. Es war eine Überraschung, dass er auftauchte. Ich hätte sicherlich nicht gedacht, dass wir zusammen sein würden, wenn der Mistelzweig enthüllt wurde.

Ich trinke den Rest meines Champagners, werfe das Glas weg und schiebe mich durch die Tür in den Umkleideraum. Ich halte für einen Moment den Atem an, um zu lauschen, ob noch jemand da ist. Mein Herz rast und mit zitternden Händen ziehe ich mein Handy heraus.

„Hallo?" Die Stimme am anderen Ende der Leitung klingt schläfrig.

„Sarah? Hast du eine Minute Zeit?"

„Wofür?"

Sie ist benommen. Hat sie auch ein paar Gläser zu viel getrunken?

„Wo bist du?", frage ich, ohne ihre Frage zu beantworten.

„Ich bin gerade nach Hause gekommen. Die Party war wild!", sagt sie und klingt jetzt ein bisschen wacher. „Wo bist du? Was ist los?"

„Ich bin auf der Party im Kaufhaus. Nun, ich bin im Umkleideraum. Ich bin gerade unter dem Mistelzweig gelandet." Ich halte noch einmal den Atem an und lausche, ob ich immer noch allein bin.

„Oh? Hoffentlich mit einem heißen Kerl", neckt sie mich. „Oh verdammt! Du hast doch nicht etwa mit Mr. Scott dort gestanden, oder? Er würde das lieben."

Ich kichere. „Natürlich nicht! Aber ich hätte es fast vorgezogen, mit ihm dort zu sein."

„Mit wem? Dem Hausmeister?"

„Du bist nicht hilfreich."

„Also gut, keine Neckereien mehr. Aber im Ernst, wer war es?"

„Mr. Jordan."

„Was? Du hast mit einem der reichsten Männer der Stadt herumgemacht?! Wie war es?"

„Du verstehst es nicht! Der Kerl ist wegen der Erfüllung seiner Bewährungsauflagen hier. Er arbeitet hier, weil er nicht ins Gefängnis wollte! Ich kann mich nicht auf ihn einlassen! Ganz zu schweigen davon, dass er etwa fünfzehn Jahre älter ist!"

„Na und? Er ist verdammt gutaussehend und wenn du ihn verführen kannst, ist das ein großer Erfolg. Ich würde nur zu gern mit ihm in so eine Situation geraten."

Ich verdrehe die Augen. Sarah war immer schon offener mit ihrem Sexualleben. Sogar als wir in der High-School waren, tat sie, was sie konnte, um mit den Lehrern zusammenzukommen.

Anscheinend hat es bei mehr als einer Gelegenheit auch funktioniert, obwohl ich nicht wissen kann, ob sie dahingehend lügt.

„Ich will mich nicht auf ihn einlassen."

„Also gut, dann nicht." Der schläfrige Unterton kehrt in ihre Stimme zurück.

„Es ist nicht so einfach!"

„Warum nicht? Oh", sagt sie. „Du magst ihn, nicht wahr?"

„Nicht so!", protestiere ich etwas zu schnell.

Sie kichert wieder. „Das machst du immer. Warum machst du dich nicht locker und hast Spaß? Wer weiß, du könntest danach einen schönen Gehaltsscheck bekommen."

„Du bist mir keine Hilfe", seufze ich.

„Nun, ich hatte heute Abend viel Spaß. Du solltest zurückgehen und sehen, ob du ihn wieder unter den Mistelzweig locken kannst. Tu einmal in deinem Leben etwas Aufregendes", sagt Sarah gähnend. Ich werde nicht viel mehr aus ihr herauskriegen, also lege ich mit einem weiteren Seufzer auf.

Sarah ist seit der Grundschule eine meiner engsten Freundinnen, aber sie steckt ständig in Schwierigkeiten und ist nicht die beste Adresse, um einen guten Rat zu bekommen. Das hindert mich nicht daran, zu ihr zu gehen, wenn ich Probleme habe, aber sie sagt mir immer das Gleiche.

Ich soll locker sein und Spaß haben.

Aber sie lebt nicht so wie ich. Sie würde begeistert darüber sein, einen Sugardaddy zu finden, der sich um sie kümmert. Sie hat wenige Ambitionen, beruflich erfolgreich zu sein oder sich einen Namen zu machen. Sie möchte versorgt werden und versteht nicht, warum ich nicht genauso empfinde.

„Alexis?" Mr. Scotts Stimme dringt in den Umkleideraum. „Sind Sie hier?"

„Ja, ich musste schnell telefonieren", sage ich hastig und trete aus meiner Kabine.

„Ist alles in Ordnung?" Sein Gesicht ist besorgt, aber er wirkt auch betrunken. Ich kann ihm im Moment wahrscheinlich so ziemlich alles erzählen, und er wird sich morgen an nichts davon erinnern.

„Natürlich. Ich bin nur überwältigt von all den Leuten da draußen, das ist alles", sage ich mit einem Grinsen. „Jetzt lassen Sie uns feiern!"

Er entspannt sich und legt seinen Arm um mich, als wir zurückgehen. „Ich kann nicht fassen, wie viele Leute hier sind! Können Sie glauben, dass Clay gekommen ist?"

„Es ist eine Überraschung", sage ich errötend. „Ich hoffe, er hat Spaß."

„Er musste gehen. Er sagte, er habe noch etwas anderes zu erledigen", seufzt Mr. Scott. „Ich wünschte, er könnte davon überzeugt werden, mehr in das Kaufhaus zu investieren."

„Er sagte, dass es hier nicht viel Interessantes für ihn gibt", sage ich ohne nachzudenken. Mr. Scott wirkt enttäuscht. „Er ist eben kein Mann, der darauf achtet, worauf es wirklich ankommt."

„Vielleicht ändert er seine Meinung, bevor die Weihnachtstage vorbei sind", erwidert Mr. Scott hoffnungsvoll. Ich habe meine eigenen Zweifel an Clay, also sage ich kein Wort. Ich wünschte, er wäre nicht gegangen. Oder dass ich nach dem Kuss nicht weggerannt wäre. Das nächste Mal, wenn wir uns treffen, wird es peinlich sein. Er wird wahrscheinlich einen Kommentar abgeben, der mir unangenehm ist, und ich muss so tun, als wäre nichts.

Es war nichts, oder?

Konnte er spüren, wie mein Körper bei seiner Berührung zitterte und wie meine Lippen bebten, als sie seine trafen? Die ganze Situation war so erotisch. Ich werde sie die ganze Nacht immer wieder durchspielen – ich werde von ihm träumen und davon, wie er geschmeckt hat.

„Oh gut, Sie sind nicht gegangen!", sagt Buddy, der Hausmeister, als er herüberkommt. Er hat Champagner in der Hand und nickt zum Tisch, als er sieht, dass ich kein Getränk habe.

„Möchten Sie noch etwas Champagner?"

Ich lache und schüttle meinen Kopf. „Sehr subtil, Buddy. Ich war für eine Nacht oft genug unter dem Mistelzweig."

„Teufel noch mal. Ich hatte gehofft, dass Sie diesen Trick nicht durchschauen." Er schüttelt den Kopf. „Jetzt kann ich niemanden dazu bringen, mit mir dorthin zu gehen."

„Ich wäre überrascht, wenn jemand anderer darunter landen würde", sage ich mit einem Kichern. „Das war eine kleine Überraschung für uns alle."

„Es war nett anzusehen." Seine Augen verweilen auf mir, und ich entschuldige mich. In den letzten Wochen war es kein Geheimnis, was er mit mir machen will. Er ist viel älter und nicht mein Typ. Ich flirte mit ihm, weil es ungefährlich und unterhaltsam ist, aber ich habe nicht die Absicht, mehr zu tun. Ich werde nicht wieder unter einen blöden Mistelzweig geraten.

Ich mische mich unter die anderen, halte das Gespräch am Laufen und vermeide es, über den Kuss mit Clay zu sprechen, aber es ist manchmal schwierig. Mehrere Kolleginnen sagen mir, dass klar ist, dass zwischen uns Chemie besteht, und ich frage mich, wie offensichtlich es sein muss.

Wer ist schlimmer von uns beiden? Clay hat eine offensive, einschüchternde Haltung. Ich hingegen bevorzuge eine sanftere Herangehensweise und versuche, alle gleich zu behandeln.

Es gibt immer noch jede Menge Kichern und Blicke, die zu mir wandern. Es hat alles damit zu tun, was neben dem Champagner-Tisch passiert ist.

Und niemand scheint davon überrascht zu sein.

CLAY

„Es ist mir scheißegal, was Sie zu sagen haben. Es wurde vereinbart, dass ich einen Monat dort sein würde, um diese verdammten Bewährungsauflagen zu erfüllen, mehr nicht!" Ich will auflegen, muss aber den Rest von dem hören, was Larry sagt.

„Darauf haben wir uns geeinigt, aber bitte haben Sie Verständnis ... wenn mehr Dinge ans Tageslicht kommen, müssen wir darauf reagieren." Er spricht ruhig, aber die übliche Fröhlichkeit ist nicht da.

„Sie haben gesagt, dass Sie sich darum kümmern!"

„Das habe ich auch gedacht. Das war, bevor einer Ihrer Partner Informationen über gewisse Außenhandelsgeschäfte weitergegeben hat."

„Wovon zum Teufel reden Sie?" Zum ersten Mal seit langer Zeit habe ich wirklich keine Ahnung. Ich habe einige Dinge getan, aber ich dachte, das wäre erledigt. Zumindest sollte es das sein.

„Hören Sie, ich beschäftige mich gerade mit diesem Thema. Machen Sie weiter mit dem, was Sie tun, und wenn es noch mehr gibt, werden wir es in den Griff bekommen." Larrys Stimme ist wieder optimistisch, aber ich möchte immer noch durch das Telefon greifen und ihn schlagen.

„Sie können mich nicht mit diesen Informationen anrufen und davon ausgehen, dass ich weiterarbeiten kann. Haben Sie eine Vorstellung, wie schwer es ist, mich mit diesen kleinen Gören herumzuärgern, wenn ich weiß, dass ich noch ein paar Wochen hier festsitzen könnte?"

„Oh, so schlimm kann es nicht sein. Ich liebe Kinder", antwortet er.

Ich verdrehe die Augen. „Warum sind Sie dann nicht derjenige, der hier ist und dieses verdammte Kostüm trägt?"

„Weil ich nicht derjenige bin, der mit der Staatsanwaltschaft einen Deal gemacht hat. Das waren Sie." Larry lacht erneut. „Sie machen das bestimmt großartig, obwohl ich darauf gewettet hätte, dass Sie nach einem Tag aufgeben würden."

„Danke für Ihr Vertrauen."

„Wie auch immer, ich halte Sie auf dem Laufenden. Wir werden das in kürzester Zeit erledigen! Ich bin sicher, wir werden in den nächsten Wochen eine Lösung finden."

„Das will ich sehr hoffen. Ich bin dieses ganze Fiasko leid."

„Dann stellen Sie sicher, dass nicht noch mehr ans Licht kommt. Warum geben Sie den Außenhandel nicht auf und konzentrieren sich auf das, was hier ist? Das Kaufhaus geht unter und leider wird es auch der gestiegene Umsatz nicht retten können. Sie könnten es aufkaufen und etwas Fantastisches daraus machen."

„Das ist keine schlechte Idee, aber was wird dann aus Mr. Scott?"

„Werden Sie jetzt nicht sentimental, Clay. Am Ende geht es immer ums Geld. Wenn wir alles unter den Teppich kehren und die Öffentlichkeit dazu bringen können, sich auf Ihr nächstes großes Projekt zu konzentrieren, sind wir in einer viel besseren Position."

Er hat recht. Ich möchte mich nicht mehr mit dem Außenhandel beschäftigen. Diese Branche ist zu riskant, und ich möchte nicht in noch mehr Skandale hineingezogen werden. Meine Firma ist dafür bekannt, also ziehe ich entsprechende Leute an.

Wenn ich das Grundstück, auf dem das Kaufhaus steht, aufkaufen würde, könnte ich es abreißen und etwas Neues bauen. Vielleicht ein Parkhaus oder etwas, das Investoren anzieht.

„Sie sollten darüber nachdenken. Jetzt muss ich mich Ihretwegen um einen Berg Papierkram und einige sehr unangenehme Leute kümmern." Larrys Stimme bringt mich zurück in die Gegenwart und ich seufze.

„Überstürzen Sie nichts beim Kauf. Ich will nicht noch mehr Probleme", warne ich ihn.

„Sie wissen, dass ich das nicht tun würde. Jetzt gehen Sie und genießen Sie die Weihnachtsstimmung!" Larry lacht. „Ho ho ho!"

Ich lege auf, ohne zu antworten. Er ist nervig, um es gelinde auszudrücken, aber er könnte trotzdem hilfreich sein. Ich denke darüber nach, was er über das Kaufhaus gesagt hat. Zugegeben, einige der Leute dort sind mir nicht gleichgültig, und ich möchte Ihnen keinen Schaden zufügen.

Es wird jedoch nicht einfach sein, aus den rechtlichen Schwierigkeiten herauszukommen, in denen ich mich befinde. Es war zu gut, um wahr zu sein, einen Monat lang gemeinnützige Arbeit zu leisten. Natürlich war der gesamte Plan, das Kaufhaus zu retten. Jetzt denke ich daran, derjenige zu sein, der es niederreißt.

„Da sind Sie ja! Kommen Sie schon, die Pause ist vorbei",

sagt Alexis und steckt den Kopf in den Pausenraum. „Die Kinder da draußen wollen Sie sehen."

„Ich komme", sage ich etwas zu harsch. Sie sieht mich mit großen Augen an, dreht sich um und geht weg. Sie ist seit der Party ziemlich seltsam. Es hat wahrscheinlich etwas mit unserem Kuss zu tun. Aber sie will nicht darüber reden. Wenn Scott es erwähnt, ignoriert sie es einfach.

Wir haben ohnehin keine Zeit, um uns darum zu kümmern. Es müssen weitaus wichtigere Dinge erledigt werden, angefangen damit, was mit dem Kaufhaus geschehen soll. Ich habe ein paar Wochen Zeit, um darüber nachzudenken während Larry die Details ausarbeitet, wie man Scott am besten ein Angebot machen kann.

Ich ziehe mit einem Seufzer den Bart über mein Gesicht und rücke ihn zurecht. Es ist seltsam, mich als Weihnachtsmann verkleidet im Spiegel zu sehen. Das Kostüm lässt mich gut aussehen, aber ich bin nicht in der Stimmung. Ich bin nie in der Stimmung. Dies ist nicht die Art von Leben, das ich mir aufgebaut habe. Warum bin ich dann so hin und her gerissen, was mein nächstes Projekt angeht?

Ehrlich gesagt muss ich Scott kein Angebot machen. Wenn er das Kaufhaus an die Bank verliert, muss ich nur einschreiten und seinen Gläubigern eine Kaufsumme bieten, die sie nicht ablehnen können. Sicher, es ist nicht die beste Art, mit diesem Mist umzugehen, aber es ist die Art, die ich kenne, und sie ist relativ schmerzlos für mich.

„Die Angestellten werden schon irgendwie zurechtkommen", murmele ich und zerre an dem Kostüm unter dem Bart. „Es ist sowieso an der Zeit, dass der alte Mann endlich aufgibt."

Ich sehe mich nicht im Spiegel an, als ich mich umdrehe, um zu gehen. Es ist entsetzlich, dass ich so zerrissen bin. Ich sollte persönliche Gefühle vergessen und das tun, was für mein Unternehmen am besten ist. Leute wie Alexis und Scott sind gut darin, sich wieder zu erholen, wenn sie mit Schwierigkeiten konfrontiert sind. Ihnen wird es gut gehen.

Ich darf mich nicht in Gefühlen für irgendjemanden verlieren.

Ich muss auf mich aufpassen.

10

ALEXIS

„Was bedeutet das für uns?" Die Sorge zeigt sich in meiner Stimme. Ich hatte so große Hoffnungen für meine Wohltätigkeitsorganisation und die Zusammenarbeit mit dem Kaufhaus, dass ich Mr. Scott fragen wollte, ob ich nach den Feiertagen mit einem eigenen Stand weitermachen kann. Dann berief er aus heiterem Himmel eine Mitarbeiterversammlung ein und verkündete, dass das Kaufhaus untergehen würde.

„Noch nichts. Wir wollen sicherstellen, dass wir so hart wie möglich arbeiten und so viel Umsatz wie möglich erzielen", seufzt er. „Wir machen einen tollen Job dabei, die Kunden mit dem Weihnachtsmann zusammenzubringen, aber das ist nicht genug. Die erste Woche war großartig. Seitdem ist es einfach wieder so, wie es war."

„Sie sind seit Jahren der Besitzer dieses Kaufhauses. Wie können Sie es aufgeben?", frage ich.

„So einfach ist das nicht", antwortet er.

Ich öffne den Mund, um ihm zu widersprechen, aber Buddy unterbricht mich. „Das ist mir und dem Maschinenbauunternehmen meiner Familie vor ein paar Jahren passiert. Es hat meinem Vater gehört, davor seinem Vater und so weiter. Aber als harte Zeiten kamen, konnten wir nicht viel dagegen tun."

„Wie meinen Sie das?", frage ich. In meinen Augen bilden sich Tränen, und ich habe einen Kloß im Hals.

„Ich meine, wenn sich die großen Konzerne wie Geier vom Himmel stürzen, kann man nicht viel tun", sagt Buddy frustriert. Es tut ihm immer noch weh, dass er sein Geschäft verloren hat. Es ist etwas, das er mehr als einmal angesprochen hat, obwohl niemand nach Einzelheiten fragen will.

„Können Sie nicht Nein sagen?", frage ich und wende mich wieder Mr. Scott zu.

„Das ist es ja. Wenn man kein Geld hat, um die Bank zu bezahlen, jemand anderer aber schon, hat man nicht viele Möglichkeiten", erklärt er traurig.

„Das ist Blödsinn!", zische ich. „Was haben Sie dazu zu sagen, Clay? Ihnen gehört eines dieser großen Unternehmen. Können wir wirklich nichts tun?"

Ich wende mich Clay zu, der während des gesamten Meetings still dagesessen hat. Er sieht bei meiner Frage gequält aus, erholt sich aber schnell und zuckt nur mit den Schultern. „Ich beschäftige mich nicht mit dieser Art von Problemen. Meine Anwälte arbeiten die Details aus, damit ich mich auf das Wachstum im Unternehmen konzentrieren kann."

Ich sehe ihn zweifelnd an, als würde er lügen. Er ist schließlich derjenige mit dem Geld und dem großen Geschäft. Es würde Sinn ergeben, wenn er die Antwort hätte.

„Anwälte, der Fluch meiner Existenz", seufzt Mr. Scott. „Ich kann Ihnen nicht sagen, wie oft ich sie aus dem Kaufhaus werfen wollte, nur weil ich wusste, wer sie sind."

„Ich kann auch nicht behaupten, dass ich sie liebe", sagt Clay und nickt zustimmend. Er sieht mich an, während er spricht, und ich sehe zu Boden. Ich glaube ihm nicht, und im

Gegensatz zu Mr. Scott werde ich nicht auf seine Lügen hereinfallen. Ich werde ihn damit konfrontieren.

„Aber was bedeutet das für all die Läden hier? Ich hatte vor, mit meiner Arbeit fortzufahren, sobald die Feiertage vorbei sind", sage ich, und der Kloß kehrt in meine Kehle zurück.

Mr. Scott räuspert sich. „Wenn wir untergehen, müssen wir alle herausfinden, wie es für uns weitergeht. Es tut mir leid, Alexis, wirklich. Ich dachte, es würde klappen."

„Das ist Blödsinn", sage ich noch einmal. Ich drehe mich um und gehe zur Tür hinaus, ohne mich darum zu kümmern, Clay anzusehen. Er könnte einspringen und etwas unternehmen oder uns Ratschläge geben, wie wir vorgehen sollen. Ich zittere vor Enttäuschung und Sorge und weiß nicht, wohin ich mich wenden soll.

Die Nachricht ist für uns alle ein Schock. Es schien, als würden die Dinge besser laufen. Mr. Scott wirkte überzeugt davon, dass wir es schaffen würden. Je mehr Zeit ich mit ihm im Kaufhaus verbrachte, desto mehr fühlte ich eine Verbindung und desto weniger wollte ich wieder weggehen.

Es ist ein wunderschönes Gebäude, und es gibt so viel Wachstumspotenzial, wenn wir die erforderlichen Neuerungen durchführen können. Aber jetzt ist es zu spät. Ich komme kaum mit dem Lohn, den er mir zahlt, über die Runden und der Wohltätigkeitsorganisation meiner Schwester geht es noch schlechter.

Aber ich habe beschlossen, dass dies mein zweites Zuhause ist, und ich habe alles in meiner Macht Stehende getan, um das Kaufhaus am Laufen zu halten. Jetzt sieht es so aus, als wäre meine ganze harte Arbeit sinnlos gewesen. Mr. Scott wird verkaufen müssen, alle meine Freunde und Kollegen werden mit ihrem Leben weitermachen, und Clay Jordan wird weiterhin Millionär sein.

Ich hingegen werde wieder bei null sein. Danach gibt es für

mich keine Zukunft mehr. Ich muss die Wohltätigkeitsorganisation aufgeben, einen neuen Job finden und mich erneut der Frage stellen, ob ich mein Studium beenden kann oder nicht.

Es ist nicht fair.

„Da sind Sie ja. Nach Ihren eigenen berühmten Worten – ist es nicht an der Zeit, wieder an die Arbeit zu gehen?", fragt Clay, als er seinen Kopf in den Umkleideraum steckt. „Die Kinder da draußen warten auf mich."

Ich schaue ihn an. „Tun Sie nicht so, als würde Sie dieser Ort oder irgendjemand hier kümmern!"

„Was kann ich für den Konkurs?", fragt er kühl. „Das geht mich nichts an, und ich bin nur hier, weil der Richter es angeordnet hat."

„Das ist ein großer Teil des Problems!", knurre ich. „Sie interessieren sich nicht mehr für diesen Ort als für irgendetwas anderes. Sie leben nur für sich selbst!"

„Gibt es noch jemanden, für den ich leben soll?" Ich spüre, dass ich einen Nerv getroffen habe, aber das hindert mich nicht daran, weiterzumachen.

„Es gibt viele andere Menschen, für die Sie leben könnten. Stattdessen verbringen Sie Ihre ganze Zeit damit, von einer bedeutungslosen Party zur nächsten zu gehen, ohne irgendetwas zu erreichen, abgesehen von einer Anklage wegen Betrugs vielleicht", sage ich grinsend.

Er dreht sich zu mir um und zum ersten Mal ist er wirklich wütend. „Wie können Sie es wagen, das zu erwähnen? Sie wissen verdammt noch mal nichts darüber oder über irgendetwas anderes in der Geschäftswelt!"

„Natürlich tue ich das. Wie könnte ich sonst meine Wohltätigkeitsorganisation verwalten und mich an jedem Ort, an dem ich jemals gearbeitet habe, die Karriereleiter hinaufarbeiten?" Meine Arme verschränken sich vor meiner Brust.

„Ihre Organisation ist nicht erfolgreich und zu Weihnachten

in einem Kaufhaus zu arbeiten ist keine wirkliche Leistung", erwidert Clay kalt. Mir klappt die Kinnlade herunter, und ein Schluchzen dringt aus meiner Kehle. Aber ich werde nicht vor ihm weinen.

Auf keinen Fall werde ich ihm jemals diese Befriedigung geben.

„Wir kommen zu spät." Ich dränge mich an ihm vorbei. Ich bin keine Frau, die einem Mann folgt, geschweige denn einem, der mich mit so wenig Respekt behandelt. Er geht hinter mir her, und ich werfe meine Haare zurück, wobei die kleinen Glöckchen in meinem Pferdeschwanz fröhlich klingeln.

Ich bin mir nicht sicher, was ich als Nächstes tun soll. Trotzdem gebe ich Clay einen Teil der Schuld. Er weiß, wie man Geschäfte abwickelt, aber er wirft das Handtuch, weil er die Konsequenzen nicht tragen muss.

Er hat recht. Er wird bis zum Ende seiner Bewährungsstrafe hier sein und dann zu seinem früheren Leben zurückkehren. Nichts davon betrifft ihn im Geringsten.

Ich werde ihm das Gegenteil beweisen. Es ist mir egal, was er über meine Wohltätigkeitsorganisation oder mich sagt. Ich werde der ganzen Welt beweisen, dass ich niemanden brauche, der mir hilft.

Wenn Mr. Scott sein Geschäft zugrunde gehen lassen möchte, ist das seine Entscheidung. Ich habe genug von Männern, die nicht wissen, wie sie das, was sie wollen, verfolgen sollen.

Ich werde es ihnen allen zeigen.

11

CLAY

Es war ein langer Nachmittag. Im Umkleideraum herrscht Stille, als ich das Kostüm ausziehe und Alexis ihre Sachen einsammelt. Sie ist immer noch sauer, aber aus irgendeinem Grund finde ich keine Worte, um mich zu entschuldigen. Sie hat mir den Rücken gekehrt, obwohl ich nichts mit ihrer Frustration zu tun habe.

Aber sie ist jung und weiß noch nicht, wie es auf der Welt zugeht. Ihr Ehrgeiz überrascht mich, aber sie hat nicht die Erfahrung, die damit einhergehen muss.

Es ist nicht zu leugnen, dass ich noch ein paar Wochen hier sein werde. Ich bevorzuge jedoch, wenn sie währenddessen nicht so wütend ist. Es ist unglaublich schwierig, mit den Kindern zu arbeiten, wenn sie schlecht gelaunt ist, aber das ist ihrer engen Bindung zu Mr. Scott geschuldet.

Sie nimmt ihre Sachen und geht zur Tür.

„Hören Sie, Alexis ... was ich vorhin gesagt habe ..." Ich bin schrecklich bei Entschuldigungen!

Sie wirbelt mit Feuer in den Augen herum. „Es ist mir egal, ob es Ihnen leidtut oder nicht! Ich will nicht darüber reden! Lassen Sie mich verdammt noch mal in Ruhe!"

„Was ich gesagt habe, war gemein. Aber es sollte unsere Partnerschaft nicht beenden ..."

Sie lacht. „Partnerschaft? Sie sind nur aus einem Grund hier und ich aus einem völlig anderen. Wir arbeiten vielleicht am selben Ort, aber wir sind keine Partner."

„Wie auch immer Sie es nennen wollen. Lassen Sie uns die nächsten zwei Wochen nicht so angespannt sein. Sie hatten heute Nachmittag auch keinen Spaß."

„Schmeicheln Sie sich nicht. Sie brauchen nicht auf mich zu achten, damit ich Spaß habe." Sie zieht die Augenbrauen hoch. „Ich bin nicht wie die Frauen, mit denen Sie gern Zeit verbringen."

„Das ist eines der Dinge, die ich an Ihnen bewundere. Sie sind überhaupt nicht so wie sie." Mit einer solchen Antwort hatte sie nicht gerechnet. „Sie sind viel entschlossener und haben eine Vision für Ihr Leben. Sie sind nicht die Art von Frau, die zur Schau gestellt werden will."

„Auf keinen Fall. Ich würde einen Mann töten, wenn er jemals versucht, mich zur Schau zu stellen." Das Feuer lodert immer noch in ihren Augen.

„Aus diesem Grund möchte ich fragen, ob Sie mich zum Abendessen begleiten. Als zwei respektable Erwachsene. Und es tut mir wirklich sehr leid, was ich gesagt habe."

Ihre Hände sinken an ihren Seiten hinab, und sie sieht mich geschockt an. „Warum glauben Sie, dass ich mit Ihnen zu Abend essen will?"

„Weil Sie gern essen und wissen wollen, wer ich bin."

„Ich weiß, dass Sie ein Arschloch sind."

„Das sind die meisten Menschen in meinem Leben. Das ist einfach so in meiner Branche." Ich grinse sie neckend an. Sie wird ein bisschen weicher.

„Der Weihnachtsmann sollte kein Arschloch sein." Sie kämpft mit einem Lächeln.

„Sie wären überrascht, wie der gute alte Santa wirklich war. Viele der Helden, die wir feiern, waren echte Mistkerle. Haben Sie jemals über den echten Weihnachtsmann nachgeforscht?"

„Das hat mich nie interessiert. Ich mag es, ihn als magisch und freundlich zu betrachten", seufzt sie. „Die Erkenntnis, dass er nur irgendein Mann war, macht mich irgendwie traurig."

„Nun, er wäre nicht glücklich, wenn er wüsste, dass Sie um diese Jahreszeit traurig sind."

Sie sieht mich noch einmal an. „Reden Sie über den echten oder den falschen Weihnachtsmann?"

„Sie wollen beide, dass Sie glücklich sind." Ich zucke mit den Achseln. „Warum auch nicht?"

„Es ist wahrscheinlich keine gute Idee." Sie versucht, das Thema zu wechseln, aber ihr Gesicht macht mir Hoffnung.

„Kommen Sie schon, wir sind einfach Kollegen, die zusammen zu Abend essen. Wann hatten Sie das letzte Mal die Chance, überall hinzugehen, wo Sie wollen?"

„Überall, wo ich will?" Sie sieht mich erwartungsvoll an. „Ich nehme an, das heißt, wir gehen in eine Burger-Bar und nicht in ein Fünf-Sterne-Restaurant."

„Ich liebe Burger. Wir können überall hingehen. Was ich heute Nachmittag gesagt habe, war nicht in Ordnung, und ich möchte es wiedergutmachen. Nennen Sie mir ein Lokal, und ein Taxi holt Sie in einer Stunde ab."

„Ich werde es Sie wissen lassen." Sie sieht mich wieder seltsam an. Ich lächle.

„Wir sehen uns in einer Stunde."

～

ALEXIS' Drohung über die Hamburger war nur ein Scherz – tatsächlich hat sie ein teures Lokal ausgesucht. Sie hat das noch nie zuvor erlebt, und es ist wunderbar, ihr meine Welt zu zeigen.

„Das ist so schön!" Sie sieht sich im Raum um. „Ich hatte keine Ahnung!"

„Sie haben mir den Eindruck vermittelt, dass es Ihnen gefallen könnte. Da Sie erwähnt hatten, dass Sie noch nie hier waren, wollte ich Ihnen die Gelegenheit dazu geben."

„Kommen Sie oft her? Bin ich Ihr Date für heute Abend?"

„Sie klingen eifersüchtig", necke ich sie. „Denken Sie immer noch über die Sache mit dem Mistelzweig nach?"

„Nein, nie", sagt sie etwas zu hastig. „Das war einer der peinlichsten Momente, die ich je durchlebt habe."

„Ich fand es schön." Sie sieht mich seltsam an. Es ist klar, dass sie versucht, nicht so zu wirken, aber sie ist an diesem Ort nicht in ihrem Element. Sie möchte sich nicht lächerlich machen, hat aber nicht die Erfahrung, um zu wissen, was sie tun soll.

„Warum setzen wir uns nicht in die Ecke? Es ist besser ohne all den Lärm." Das ist eine Lüge. Vorne und in der Mitte des Raumes ist mein Stil. Dort wird man am ehesten gesehen und bemerkt. Erleichterung überkommt sie bei meinem Vorschlag, und sie teilt dem Kellner schnell unsere Wahl mit.

„Warum gönnen Sie sich nicht ein Glas Champagner?", frage ich, als sie Wasser bestellt.

„Morgen müssen wir zur Arbeit." Sie schüttelt den Kopf.

„Sie klingen wie ein Kind, das sagt, dass es morgen zur Schule muss", erwidere ich und sehe mir die Speisekarte an. „Wie alt sind Sie? Müssen Sie rechtzeitig nach Hause, weil Sie sonst Hausarrest bekommen?"

Sie wirft mir einen finsteren Blick zu. „Nein, ich möchte einfach nicht, dass mir morgen schlecht ist, das ist alles."

„Ihnen wird nicht von einem Glas schlecht werden. Das ist bei niemandem so. Wenn Sie glauben, dass ich dabei zusehe, wie sie sich betrinken, wartet eine Überraschung auf Sie."

„Ist es nicht immer so bei Männern? Sie führen ein

Mädchen aus und geben ihm Alkohol, damit Sie es leichter ins Bett bekommen", sagt sie mit einem verächtlichen Blick.

„Das ist nicht meine Art. Glauben Sie wirklich, ich muss eine Frau betrunken machen, damit sie mit mir Sex hat?" Ich lache. „Kommen Sie schon, Sie sollten mich inzwischen besser kennen."

Sie sagt nichts, aber der Ausdruck auf ihrem Gesicht schreit Eifersucht. Sie will wissen, wie viele Partnerinnen ich hatte. Ich kann es ihr ansehen. Aber ich bin diskret bei meinen Affären. Sie wird die Anzahl niemals erfahren, und ich werde sie nie nach der Anzahl ihrer Partner fragen.

„Also gut, ein Glas Champagner", sagt sie schließlich. „Aber ich behalte Sie genau im Auge und wenn Sie denken, dass ich das nicht tue, sind Sie derjenige, der überrascht sein wird."

„Ich werde mich in Acht nehmen", erwidere ich grinsend. Sie bestellt den Champagner, und ich nehme einen Whisky. Es dauert nicht lange, bis das Gespräch in Gang kommt und wir uns sogar duzen. Sie entspannt sich und spricht offen mit mir. Aber ich werde sie nicht darauf hinweisen. Das Letzte, was ich will, ist, sie zu erschrecken, und mein Eindruck ist, dass es dafür nicht viel braucht.

Wir werden den Abend genießen und sehen, wohin er führt.

Obwohl ... wenn sie mich weiterhin ständig am Arm berührt, kann ich mir denken, wo wir landen werden.

12

ALEXIS

„Lass locker und hab Spaß." Der Vorschlag meiner Freundin hallt in meinem Kopf wider, als wir unser Essen beenden. Was ist über mich gekommen, als ich eingewilligt habe, mit Clay zu Abend zu essen? Ich bin immer noch sauer auf ihn wegen dem, was er gesagt hat, aber er versucht immerhin, es wiedergutzumachen.

Er benimmt sich wie ein Gentleman. Er hat mich auch das Restaurant aussuchen lassen und obwohl ich so gemein war, mich für das teuerste zu entscheiden, das ich kannte, scheint es ihm nichts auszumachen.

Tatsächlich behandelt er mich so, als würde ich zur gesellschaftlichen Elite gehören, obwohl ich mein Geld oft in Secondhand-Läden ausgebe und von Zeit zu Zeit nur mithilfe von Instant-Ramen überlebe. Ich bin nicht leichtsinnig mit meinem Geld. Ich weiß, wohin es gehen soll.

„Hattest du Spaß?", fragt Clay, als er mir hilft, in meinen Mantel zu schlüpfen. Es ist eine weitere höfliche Geste, die mich überrascht. Es ist egal, wie viel Geld man hat. Ein Gentleman sollte eine Lady entsprechend behandeln.

Aber ich bin nicht darauf vorbereitet.

„Ja, danke." Ich lächle ihn an. Es ist das aufrichtigste Lächeln, das er bislang von mir bekommen hat, und es sieht so aus, als wäre er glücklich darüber.

„Großartig. Vielleicht können wir es wiederholen, bevor ich weggehe", schlägt er vor.

„Lass uns nichts überstürzen", erwidere ich trocken. Er lacht.

Wir gehen nebeneinander nach draußen, und ich kämpfe gegen den Drang an, seine Hand zu ergreifen. Dies ist kein Date. Es kann kein Date sein. Das ist so seltsam. Ich bin schon zu vertraut mit jemandem, der in ein paar Wochen aus meinem Leben verschwinden wird. Und wir kennen uns sowieso erst seit ein paar Wochen.

Meine Beziehungen entwickeln sich langsam. Manchmal zu langsam. Männer sind schon aus meinem Leben verschwunden, weil ich mich geweigert habe, Sex mit ihnen zu haben. Aber mein erstes Mal soll mit jemandem sein, der etwas Besonderes ist. Jemand, den ich kenne und dem ich vertraue. Ich bin nicht so wild wie Sarah. Mir ist Sicherheit wichtig.

Wir steigen in ein Taxi, und Clay lächelt. „Mein Apartment ist näher und du bist herzlich eingeladen, noch etwas bei mir zu trinken, bevor du nach Hause gehst."

„Wir müssen morgen arbeiten. Aber danke für das Angebot."

Er lächelt wortlos und sieht aus dem Fenster. Ich kämpfe auf der gesamten Fahrt zu seinem Apartment mit mir. Ein paar Minuten hineinzugehen, etwas zu trinken und ihm für den Abend zu danken wäre höflich. Morgen wird es nicht seltsam sein, wenn wir das tun.

Er war den ganzen Abend so nett. Er hat geflirtet, aber nichts getan, was mich unter Druck gesetzt hätte. Als wir das Gebäude erreichen, in dem er wohnt, gebe ich nach.

„Ein Drink, okay? Ich möchte morgen nicht verkatert sein."

„Das wirst du nicht", sagt er. „Ich kann ein Auge darauf haben, wie viel du trinkst."

Ich verdrehe die Augen und fühle mich wie ein Teenager, als wir aussteigen. Clay bezahlt den Fahrer und dreht sich zu mir um, als wir auf die glänzenden Glastüren zugehen. „Ich rufe ein anderes Taxi, wenn du gehen willst. Es ist nicht schön, sie hier unten warten zu lassen, wenn man nicht weiß, wie lange es dauern wird."

„Ich habe Geld, um mir selbst ein Taxi zu rufen."

„Niemand bestreitet das, aber dieser Abend war meine Idee, also lass mich bezahlen." Wir betreten das Gebäude, und ich bin verblüfft, wie schön es ist. Der Boden ist so stark poliert, dass er glänzt. Hinter der Rezeption ist eine Frau, und die Leute, die sich im Foyer tummeln, sind offenbar wohlhabend.

Ohne Clay gäbe es keinen Grund für mich, an einem Ort wie diesem zu sein.

Er führt mich direkt zum Fahrstuhl und die Tür schließt sich. Er steht sehr nah bei mir. Nah genug, dass ich sein teures Aftershave rieche. Erregung steigt in mir auf. Clay ist überhaupt nicht wie der Typ Mann, von dem ich dachte, er würde mir irgendwann meine Jungfräulichkeit nehmen.

Aber aus irgendeinem Grund ist das in Ordnung. Er ist gefährlich, wild und einschüchternd, und er hat mich im Visier. Er könnte jede Frau haben, aber er will mich.

Ich fühle mich wie die Königin der Welt.

Obwohl es mich enttäuscht, hält er seine Hände von mir fern, und wir machen uns auf den Weg durch den Flur zu seinem Penthouse. Sobald er die Tür öffnet, bin ich beim Anblick des Interieurs wieder benommen.

„Du lebst hier?"

„Ja. Was möchtest du?" Er geht zu einer Bar. Dies ist der

schönste Ort, den ich je gesehen habe. Er ist der unglaublichste Mann, den ich je getroffen habe. Plötzlich kann ich mich nicht mehr beherrschen.

Sarahs Worte gehen mir wieder durch den Kopf, als ich mich umdrehe und langsam beginne, mein Kleid am Rücken zu öffnen. Clay schaut von der Bar auf. Ich drehe mich verlegen weg und lasse die Bänder zur Seite fallen. Der Reißverschluss ist nicht leicht zu erreichen, und ich reibe mit meinen Händen über meine Oberarme, als ich spüre, wie Clay sich mir nähert.

Er ist direkt hinter mir, und zum ersten Mal berührt seine Haut meine. Seine Hände streichen sanft über meine Arme und halten an meinem Nacken an. Er küsst zärtlich meine Schulterbeuge und öffnet dann langsam mein Kleid. Ich drehe mich um, als es zu Boden fällt und meinen BH und mein Höschen enthüllt. Ich schäme mich dafür, dass ich praktische Unterwäsche trage, aber Clay scheint es nicht zu kümmern.

Er drückt seine Lippen auf meine Brüste, küsst sie und sendet Stoßwellen durch meinen ganzen Körper. Meine Lippen zittern. Soll ich etwas sagen? Mir fällt nichts ein.

„Clay." Meine Stimme zittert, aber Clay interessiert sich nicht für Diskussionen.

„Schhh, genieße einfach den Moment", flüstert er mir ins Ohr. Seine Erregung dringt durch seine Hose und macht mich noch feuchter. Ich greife nach hinten und ziehe meinen BH aus, während er sein Hemd und seine Hose auszieht. Er legt mich sanft auf das Ledersofa und küsst mich von meinem Hals bis zu meinem Höschen.

Ich hatte schon früher Oralsex, aber nie so wie mit Clay. Seine Zunge wandert leidenschaftlich über mich. Sein Hunger nach mir weckt meine Lust. Meine Beine zittern, und ich stöhne, wölbe meinen Rücken und drücke mein Zentrum gegen sein Gesicht. Er streichelt weiterhin meinen Körper.

„Du schmeckst so gut." Sein heißer Atem sendet eine weitere Schockwelle durch meinen Körper und lässt mich bei seiner Berührung zittern. Meine Augen sind geschlossen, als er eine Spur von Küssen zurück zu meinem Hals zieht und dann innehält, als sein Gesicht nur Zentimeter über meinem schwebt. Er packt mich an den Beinen, zieht mich zu sich und stoppt erst, als sein Schwanz gegen mein Zentrum gepresst wird.

Unsere Augen treffen sich, aber er sagt nichts, als er seinen Schwanz so weit wie möglich in mich hineinschiebt. Ich wimmere vor Schmerz, maskiere ihn aber, damit er sich wie Vergnügen anhört. Ich habe noch nie zuvor einen Mann in mir gespürt und es bringt mein Gehirn auf eine ganz neue Ebene. Clay entspannt sich auf mir und hält mich in seinen starken Armen.

„Habe ich dir wehgetan?", fragt er. Ich schüttle meinen Kopf und lege meine Hände auf beide Seiten seines Gesichts.

Er beugt sich vor, drückt seine Lippen auf meine und stößt in mein enges Zentrum. Ich versuche, mich darauf zu konzentrieren, ihn zu küssen, aber meine Gedanken sind bei jedem Stoß, den er macht, abgelenkt. Härter und härter dringt er in mich ein, und zum ersten Mal in meinem Leben werde ich von einem Orgasmus überwältigt. Ich schreie und klammere mich an ihn, während mein Zentrum um seinen dicken Schwanz pulsiert. Er lächelt, als er meine Hände ergreift, sie über meinen Kopf hält und härter als zuvor in mich stößt.

Ich habe noch nie gespürt, wie ein Mann kommt. Ich spreize meine Beine weiter und nehme ihn tiefer in mich auf. Ich kann nicht genug von ihm bekommen. Ich bin süchtig! Er stößt noch ein paarmal zu, und dann entleert sich sein Schwanz tief in mir. Er drückt sich so fest er kann in mich hinein und hält dann still, während er sich komplett in mein enges Zentrum ergießt.

Wir atmen schwer, und ich fühle immer noch das Nachbeben meines Orgasmus, als ich mich so weit wie möglich nach oben wölbe, um ihn noch einmal zärtlich zu küssen. Am Morgen werde ich mich wahrscheinlich fragen, was ich getan habe, aber darum werde ich mir Sorgen machen, wenn es soweit ist.

Ich habe meine Jungfräulichkeit dem Mann geschenkt, in den ich mich verliebt habe, und ich bereue es nicht.

13

CLAY

Ich wache auf und stelle fest, dass jemand auf der anderen Seite des Bettes geschlafen hat, aber Alexis ist weg. Ich rolle mich auf den Rücken und versuche, mich zu erinnern, was passiert ist. Nach dem Sex blieb sie noch eine Weile und verließ mich gegen Mitternacht. Wir waren zu meinem Bett gegangen, um uns zu unterhalten und einander wieder zu genießen. Es scheint, als hätte sie mich mehr gemocht, als sie zugeben wollte.

Sie musste schließlich aufbrechen, und ich bestand darauf, das Taxi zu bezahlen. Sie hat versucht, deswegen zu streiten, aber am Ende habe ich gewonnen. Das tue ich immer. Sie hat mich zärtlich geküsst, bevor sie ging. War das eine gute Idee?

Natürlich bereue ich nicht, eine Frau in mein Bett bekommen zu haben. Das ist immer mein Ziel, und in dieser Hinsicht unterscheidet sich Alexis nicht von all den anderen Frauen. Aber etwas an ihr ist ungewöhnlich, und ich kann nicht genau sagen was.

Ich mag sie, das ist sicher, aber vor letzter Nacht war sie jemand, den ich nur ficken wollte. Jetzt, da es zweimal passiert ist, empfinde ich nicht mehr so. Oh, ich möchte sie wieder ficken, definitiv. Und das macht mir Angst. Ich habe noch nie eine Frau so bald nach dem Sex wiedersehen wollen.

Ihre Nummer ist in meinem Handy gespeichert und wenn ich mich langweile oder keine geeignete Sexpartnerin finden kann, rufe ich sie an. Alexis ist etwas Besonderes. Ihr Ehrgeiz ist wirklich beeindruckend. Er ist wunderschön und bringt mich dazu, sie zu neuen Höhen führen zu wollen.

Wenn sie als Praktikantin in mein Unternehmen kommen würde, könnte es zweifellos noch besser sein als jetzt. Es braucht Überzeugungsarbeit, aber sie war in meinem Bett, also kann ich sie auch davon überzeugen, andere Dinge zu tun.

Wie geht es mit dem Kaufhaus weiter? Sie war so seltsam nach dem Kuss auf der Party, als hätte sie es bereut, obwohl sie mich in diesem Moment genauso wollte wie ich sie. Ihre Launenhaftigkeit ist etwas, mit dem ich mich nicht herumschlagen will.

Es gibt schon genug Stress in meinem Leben. Ich habe keine Zeit für jemanden, der sich nicht entscheiden kann. Oder jemanden, der etwas tut und dann tagelang schlecht gelaunt ist, weil er es bereut.

Mein Handy klingelt. Ich seufze, drehe mich um und nehme es vom Nachttisch. Ich verdrehe die Augen, als ich sehe, dass es Larry ist, dann schaue ich auf die Uhrzeit.

„Was wollen Sie? Wissen Sie, wie spät es ist?"

„Guten Morgen, mein Freund. Ich bin froh zu hören, dass Sie wie immer guter Laune sind", kommt seine fröhliche Stimme durch das Telefon.

„Die meisten Leute neigen dazu, während der Geschäftszeiten anzurufen."

„Die meisten Leute tun auch nicht das, was ich tue. Wenn ich Sie während der Geschäftszeiten anrufe, werden Sie sich damit herausreden, dass sie arbeiten müssen, obwohl Sie diesen

Job wirklich hassen und sich darauf freuen, so schnell wie möglich von dort wegzukommen", schimpft er.

„Verdammt, ich bin froh, dass Sie mich zu dieser frühen Stunde angerufen haben, um mir von meinem Leben zu erzählen."

„Hören Sie zu, Sie würden keinen Anruf von mir erhalten, wenn es nicht wichtig wäre. Sind Sie gerade beschäftigt?"

„Ich liege im Bett, so wie die meisten Leute um sechs Uhr morgens. Was zum Teufel machen Sie?"

„Ich liege nicht im Bett, so wie es produktive Menschen morgens tun", antwortet er kurz angebunden. Es ist das erste Mal, dass er so harsch zu mir ist. Vielleicht gehe ich ihm auch auf die Nerven.

„Hören Sie auf mit dem Mist und sagen Sie mir, was zum Teufel Sie wollen! Wenn Sie nur angerufen haben, um Small Talk zu machen, lege ich jetzt auf."

„Was? Ist es so ungewöhnlich, dass Sie jemand so früh am Morgen anruft? Seien Sie froh, dass ich um diese Zeit arbeite, um Ihnen den Hintern zu retten."

„Sie machen sich inzwischen mehr Sorgen darum, Ihren eigenen Hintern zu retten. Sie sind sich mehr als bewusst, dass das Gericht Sie dafür verurteilen könnte, dass Sie nicht alle Beweise in dem Fall vorgelegt haben", gähne ich. „Ich habe schon öfter mit Anwälten und Richtern zu tun gehabt."

„Es ist mir egal, ob Sie auf die juristische Fakultät gegangen sind oder nicht. Darum mache ich mir überhaupt keine Sorgen. Die Daten belegen, dass ich zum Zeitpunkt der Verhandlung keine Ahnung hatte, also wird mir nichts passieren." Es gibt einen Unterton in seiner Stimme, dem ich nur mit Respekt begegnen kann. Er wird es leid, so von mir behandelt zu werden, aber das ist mir egal.

Anwälte gibt es wie Sand am Meer, vor allem, wenn man sie gut bezahlen kann. Ich kann sofort einen anderen bekommen.

Vielleicht keinen, der so gut ist wie er, aber einen, der den Job erledigt.

Ich gähne wieder. „Also haben Sie mich angerufen, um mir zu sagen, dass Sie in Sicherheit sind?"

„Nein, ich habe angerufen, um Ihnen mitzuteilen, dass ich gute Nachrichten habe." Seine Stimme kehrt zu dem üblichen, fröhlichen Ton zurück, der mir immer auf die Nerven geht.

„Nun, das ist eine Premiere."

„Kommen Sie schon, das meinen Sie nicht so. Ich habe Sie vor dem Gefängnis gerettet, oder?" Ich antworte nicht, also fährt er fort: „Wir werden die *Berkshire Mall* kaufen!"

Ich setze mich im Bett auf. „Was?"

„Ja. Der Besitzer, ich habe seinen Namen vergessen ...", beginnt er.

„Mr. Scott?"

„Wie auch immer, dieser Typ. Sein Kaufhaus hat schon lange Verluste gemacht und alle hofften, Ihr kleiner Auftritt würde das ändern. Es hat vielleicht eine Weile geholfen, aber die Schulden sind einfach zu hoch", erklärt Larry triumphierend.

„Also, was ist der Plan?" Mein Herz wird schwer. Ich frage mich, wie ich damit umgehen soll. Auch wenn sich meine Anwälte darum kümmern – alle werden herausfinden, dass ich hinter dem Untergang des Kaufhauses stecke. Ich habe die Angestellten zu schätzen gelernt, besonders Alexis.

„Standard-Prozedur. Sie werden bis nach Weihnachten warten. Das Gericht hat klargemacht, dass Sie den ganzen Monat dort bleiben müssen, aber danach können wir tun, was wir wollen", sagt Larry mit der Stimme eines Eroberers. „Ich habe Ihnen gesagt, dass dieses Weihnachten gut wird!"

„Was werden wir damit machen? Nicht noch ein Einkaufszentrum." Ich hoffe, ihn davon abzuhalten.

„Wir werden alles abreißen. Was ist los mit Ihnen? Das

haben wir schon tausend Mal gemacht. Wir werden uns etwas einfallen lassen. Ein Casino, ein Parkhaus, wer weiß? Aber ich wusste, dass Sie von den Neuigkeiten begeistert sein würden, also halten Sie noch ein wenig länger durch. Bald läuft es wieder besser für Sie!" Er gratuliert sich ganz klar zu dem, was er für einen Erfolg hält.

„Ist das alles?"

„Freuen Sie sich?", erwidert er.

„Nicht darüber, dass Sie mir das um sechs Uhr morgens verkünden mussten. Manche Dinge können wirklich warten."

„Nun, verdammt, ich dachte, ich würde helfen, Ihren Tag mit einem Erfolg zu beginnen, aber ich sehe, dass das ein Fehler war." Seine Stimme wird wieder genervt.

„Ja, lassen Sie mich vor acht in Ruhe." Ich gebe nicht nach.

„Ich wollte Sie nur wissen lassen ..."

Ich lege auf.

Ich lehne mich zurück, um wieder an die Decke zu starren, aber meine Gedanken sind weit weg. Wir machen das wirklich! Ich hatte gehofft, dass sich etwas ändern würde und wir die Sache abblasen könnten, aber das wird nicht passieren. Es ist Larrys Lösung für das Finanzproblem und obwohl er recht hat, stimme ich ihm nicht ganz zu.

Wir haben das schon tausend Mal gemacht, genau wie er gesagt hat, aber niemals bei Leuten, die mir wichtig sind. Es waren immer unbekannte Gesichter, die mich nachts nicht verfolgt haben.

Wie wird Alexis darauf reagieren? Darauf freue ich mich nicht. Ich könnte sie deswegen verlieren, und ich will dagegen ankämpfen. Aber das bedeutet, gegen mein eigenes Unternehmen zu kämpfen, dem finanzielle Schwierigkeiten drohen, seit ich nicht mehr im Außenhandel tätig bin.

Durch einen einzigen Anruf ist mein Leben völlig durcheinandergeraten.

14

ALEXIS

Ich ziehe meine Strumpfhose an und schaue in den Spiegel. Mein Anblick macht mich nicht sehr glücklich. Es fühlt sich seltsam an, dass ich Sex mit Clay hatte, aber ich hatte nicht erwartet, dass Hunderte von Emotionen durch mein Gehirn und meinen Körper ziehen würden. Worauf soll ich mich konzentrieren?

Mein ganzer Körper tut weh, aber ich bereue nichts. Es war meine Entscheidung, aber jetzt weiß ich nicht, was ich mit Clay machen soll.

Außerdem gehen mir viele Fragen durch den Kopf, und ich bin mir nicht sicher, wie ich mich dabei fühlen soll. Fragen sich alle anderen Menschen auch, wie sie mit der Person umgehen werden, mit der sie gerade Sex hatten? Oder ist es etwas, das völlig normal ist?

Nichts scheint mir natürlich oder normal zu sein. Ich sollte lernen, besser damit umzugehen. Ich möchte mit Clay sprechen, aber gleichzeitig möchte ich es nicht erwähnen.

Ein anderer Teil von mir weiß, dass das eine offensichtliche Lüge ist. Tatsache ist, dass ich Clay wieder ficken will. Hart. Er muss sehen, dass ich mehr kann, als nur dazuliegen und mich nehmen zu lassen. Ich möchte beweisen, dass ich genauso erotisch sein kann wie er.

Aber wie soll ich das machen?

Wie kann ich ihm nach unserem ersten Mal entgegentreten? Wird er darüber sprechen? Sprechen die Leute darüber? Darüber habe ich mit anderen Mädchen nie geredet, außer wenn Sarah es erwähnte.

Ich seufze, schminke mich und versuche, nicht mehr Make-up als normal zu verwenden. Ich möchte, dass Clay mich attraktiv findet, und mein erster Impuls ist, mehr als sonst aufzutragen. Ich möchte, dass er mich noch einmal in sein Schlafzimmer lässt.

Die Fahrt zur Arbeit ist lang. Wenn Eis auf den Straßen ist, bewegen sich die Fahrzeuge langsamer, aber es gibt mir Zeit, darüber nachzudenken, was ich Clay sagen möchte. Ein Teil von mir will cool tun und nichts sagen. Ein anderer Teil von mir möchte ihm sagen, dass ich Spaß hatte und hoffe, dass er ebenso empfindet.

Ich steige aus dem Taxi, bezahle den Fahrer und atme tief ein. Wann war ich das letzte Mal so nervös, in das Kaufhaus zu gehen? Dieser Ort ist für mich zu einem Zuhause geworden, und ich liebe es, alle zu sehen.

Nun, die meisten von ihnen. Einen Mann im Besonderen, aber ich habe Angst zu hören, was er zu sagen hat.

Ich straffe meine Schultern, gehe in das Kaufhaus und tue so, als wäre alles wie immer. Ich möchte keine Aufmerksamkeit erregen, aber ich suche bei jedem Schritt nach Clay. Es sieht ihm nicht unähnlich, sich bis zur letzten Sekunde im Umkleideraum zu verstecken.

Es besteht jedoch auch eine geringe Wahrscheinlichkeit, dass er bereits unterwegs ist – und ich will ihn treffen.

„Guten Morgen. Freut mich, Sie zu sehen." Mr. Scott

erschreckt mich, als ich durch die Tür gehe. Er sieht mich sonderbar an. „Ein bisschen nervös?"

„Vielleicht. Es war eine lange Nacht, und man merkt es mir an, wenn ich nicht gut schlafe."

„Was haben Sie getan?"

„Nichts." Er sieht mich noch einmal sonderbar an und ich lächle nervös. Er kennt mich gut genug, um zu erkennen, wenn etwas los ist. Und mit mir ist definitiv etwas los.

„Ich habe mich gefragt, ob du heute hier sein würdest." Clay kommt auf mich zu.

„Warum sollte ich das nicht sein?" Mein Herz rast, als Mr. Scott uns beide ansieht und Clay mir ein wissendes Grinsen zuwirft. Er wendet sich an Scott, und ich fürchte, er wird ihm sagen, was wir getan haben, aber er lacht stattdessen.

„Sie hätten sie letzte Nacht im Umkleideraum hören sollen. Urlaubsreif nach all diesem Weihnachtswahnsinn. Sie sollte versuchen, einmal nicht hier aufzutauchen, und spüren, wie gut es sich anfühlt." Erleichterung überflutet mich, und ich verdrehe die Augen.

„Du hast versprochen, nichts davon zu sagen!", necke ich ihn.

„Ich sagte, du solltest besser hoffen, dass ich es nicht tue", flirtet er zurück. Meine Wangen sind hochrot, und ich schüttle den Kopf. Wie hat dieser Mann mich so schnell um den Finger gewickelt?

Mr. Scott mustert uns beide und schüttelt dann den Kopf. „Es ist schön zu sehen, dass Sie beide gut miteinander auskommen, aber wenn einer von Ihnen Ihre Schicht schwänzt, werde ich Sie beide umbringen."

Wir lachen alle, und er schüttelt den Kopf, als er weggeht und murmelt, dass wir sein Tod sein werden. Ich drehe mich zu Clay und fühle mich plötzlich verletzlich. Er hat mehr von mir gesehen als jeder andere auf diesem Planeten. Er hat mich auf eine Weise berührt wie sonst niemand. Hat er gemerkt, dass ich Jungfrau war? Oder zumindest, dass ich es vor letzter Nacht war? Das Grinsen, das er mir schenkt, weckt in mir den Wunsch, wegzurennen und mich zu verstecken.

„Es ist seltsam, dass ich morgens früher als du bei der Arbeit bin. War jemand nach der letzten Nacht ein bisschen müde?" Meine Wangen röten sich wieder.

„Ich bin vielleicht etwas später aufgestanden als sonst, aber es stört mich nicht." Ich werfe meine Haare zurück. „Du solltest derjenige sein, der müde ist."

„Ich habe keine Wahl. Wenn ich nicht hier bin, komme ich ins Gefängnis", erinnert er mich. „Ich glaube nicht, dass Scott seine Drohung, dich zu töten, tatsächlich umsetzen würde, wenn du dir einen Tag freinimmst. Du arbeitest hier härter als jeder andere."

„Deshalb kann ich mir keinen Tag freinehmen", sage ich und werfe wieder die Haare zurück. Warum mache ich das? Es ist eine subtile Art zu flirten, und ich muss aufhören, bevor er einen falschen Eindruck bekommt.

„Wir fangen jetzt besser an", sage ich schnell. Ich drehe mich um und gehe schnell in den Umkleideraum. Am liebsten würde ich rennen, aber ich möchte nicht, dass er weiß, dass ich mich nach ihm sehne. Sobald er es herausfindet, bin ich Wachs in seinen Händen.

Gleichzeitig möchte ich, dass er weiß, dass ich Hals über Kopf in ihn verliebt bin. Er hat sich auf mir mit solcher Leidenschaft und so viel Selbstvertrauen bewegt – ich habe ihm ohne Zweifel eine der heißesten Nächte seines Lebens beschert.

Zumindest würde ich das wirklich gern denken.

15

CLAY

Seit mir diese Bewährungsauflagen aufgezwungen wurden, habe ich zum ersten Mal Spaß. Alexis sieht mich bei jeder Gelegenheit an und denkt wahrscheinlich an letzte Nacht. Ich habe das Flirten heute Morgen genossen, und ich möchte mehr. Sie ist schwer zu deuten, aber ich könnte sie wahrscheinlich wieder dazu bringen, das zu tun, was ich will.

Sie mag mein Selbstvertrauen, und ich bin ziemlich beeindruckt von den Fähigkeiten, die sie bewiesen hat. Sie war so erotisch und so eng. Ich weiß nicht, wen sie vorher gefickt hat, aber er muss gut gewesen sein und ihr viel beigebracht haben.

Ich will sie wieder in meinem Bett haben.

Außer, dass sie sich im Laufe des Tages verändert. Sie wird weniger freundlich und zickiger und scheint das Interesse daran zu verlieren, mit mir zu flirten. Etwas an ihr baut Mauern zwischen uns auf.

Es ist verwirrend! Ich möchte sie darauf ansprechen, bin mir aber nicht sicher wie. Sie ist jünger als ich, aber für ihr Alter sehr reif, und sie und ich kommen aus zwei verschiedenen Welten. Aus diesem Grund kann ich nicht erwarten, dass sie so lebt wie ich oder die Schlampen, die ich in der Vergangenheit gefickt habe.

Am Ende unserer Schicht ignoriert sie mich völlig. Irgendetwas ist los, aber es interessiert mich nicht genug, um nachzuforschen. Ich habe noch nie zuvor in meinem Leben so für jemanden empfunden, aber ich habe keine Zeit, mich in irgendein Drama auf High-School-Niveau verwickeln zu lassen.

Sie sieht kaum alt genug aus, um die High-School abgeschlossen zu haben! Habe ich überhaupt die richtige Wahl getroffen?

„Hey, Scott, kann ich kurz mit Ihnen reden?", frage ich auf dem Weg zur Tür. Alexis ist gegangen, sobald sie konnte, und ich möchte mit ihm reden. Sie stehen sich nah, und er könnte Insider-Informationen haben, die er mir verraten kann.

Nicht viel, gerade genug, um zu erfahren, was mit ihr los ist.

„Sie wollen mir nicht sagen, dass Sie aufhören, oder?" Mr. Scott hat einen besorgten Blick in den Augen. Ich schüttle meinen Kopf.

„Nein, aber ich wollte Sie nach Alexis fragen. Kam sie Ihnen heute seltsam vor?" Es ist mir egal, was er über meine Beziehung zu ihr denkt.

„Was meinen Sie?", fragt er. „Sah sie krank aus? Kann ich irgendetwas tun?"

„Nein, so ist es nicht. Sie schien nicht so glücklich zu sein wie sonst. Ich meine, ihr ging es heute Morgen gut, aber etwas war definitiv nicht in Ordnung, als sie ging."

„Wissen Sie, solange ich Alexis kenne, was mittlerweile ziemlich lange ist, hat sie diese Stimmungsschwankungen. Manchmal ist sie in Hochstimmung, dann gibt es Zeiten, in denen sie zurückgezogen und mürrisch ist. Man weiß nie wirklich, was man bei ihr bekommt, was sie irgendwie auch interessant macht", sagt Scott lachend.

„Wie lange dauern diese Phasen? Nicht, dass ich sie stalke ..."

„Nein, natürlich nicht. Sie beide werden Freunde, und das ist großartig. Sie braucht mehr Unterstützung in ihrem Leben." Sein Gesicht verdunkelt sich. Ich sehe ihn neugierig an und weiß nicht, wie ich vorgehen soll. Worüber redet er? „Ich sollte Sie nicht mit ihrer Vergangenheit belästigen, aber lassen Sie uns einfach sagen, dass sie es nicht leicht hatte."

„Ihre Schwester ... ich fühle mich immer noch schlecht wegen meiner Reaktion auf ihre Wohltätigkeitsorganisation, als ich hierherkam", sage ich mit einem Seufzer.

„Es ist nicht nur das. Ihre Schwester war nur der Anfang ihrer Probleme. Der Tod eines Kindes ist für die Eltern hart. Es war auch der Tod von Alexis' Eltern. Ich meine das im übertragenen Sinne. Eine in mehrfacher Hinsicht zerstörte Familie hat ihren Tribut gefordert." Scott schüttelt erneut den Kopf.

Seufzend wünschte ich, ich wüsste, was ich sagen soll. Ich bin mir aber nicht sicher, wie ich es ansprechen soll, ohne zu neugierig zu wirken. Immerhin bin ich derjenige, der in den nächsten Wochen gehen wird, und dann wird hier alles abgerissen.

Es würde mich nicht überraschen, wenn sie mich dafür hasst, und das lässt mich zögern.

„Sie sollten nicht mit all diesen Informationen bombardiert werden. Wir haben alle unsere eigenen Wege, und sie hat einen schwierigen bekommen", seufzt Scott. „Die Tatsache, dass Sie diese Jahreszeit hassen, wurde schon mehr als einmal erwähnt. Aber Sie hat auch gelitten. Zumindest hat sie ihre Organisation. Die Menschen sind zu dieser Jahreszeit großzügiger, sodass sie zumindest bei ihrer Arbeit Erfolge verbuchen kann." Er steckt sich sein Notizbuch unter den Arm und überprüft sein Handy.

„Ich will nicht davonlaufen, aber ich muss zu meinem nächsten Meeting. Es besteht die Möglichkeit, dass wir die großen Konzerne doch abwehren können. Drücken Sie mir die Daumen", sagt Mr. Scott und grinst hoffnungsvoll. Ein weiterer Schmerzstoß geht durch meine Brust. Er weiß nicht, dass mein Unternehmen ihn aufkaufen wird, und die Tatsache, dass er auf ein Wunder hofft, macht alles noch schlimmer.

„Viel Glück." Ich lächle und klopfe ihm auf den Arm. „Wenn es ein Weihnachtswunder gibt, können Sie eine Lösung finden."

Er sieht mich seltsam an.

„Wofür ist dieser Blick?"

„Sie haben *Weihnachtswunder* gesagt, als ob Sie an solche Dinge glauben." Er schüttelt den Kopf.

„Ist das seltsam?" Ich fühle mich defensiv, möchte es aber nicht zeigen. Ich war seit meiner Ankunft im Kaufhaus immer nur schwierig, aber ich muss zugeben, dass mir meine tägliche Anwesenheit hier geholfen hat, die Dinge aus einer anderen Perspektive zu sehen.

Was er und Alexis tun, ist vielleicht nicht das Beste, aber es macht die Weihnachtszeit schöner, und ich möchte nett sein.

„Es ist fast so, als ob Ihr Kostüm auf Sie abfärbt." Scott lacht und schüttelt den Kopf. „Ich bin froh darüber!"

„Ich werde froh sein, wenn dieses Chaos vorbei ist." Ich seufze und schüttle meinen Kopf. „Ich habe es satt, hier den Weihnachtsmann zu spielen."

„Sie werden froh sein, wenn es vorbei ist, aber Sie werden uns vermissen, wenn Sie wieder in Ihr Luxusleben zurückkehren", kommentiert Scott mit einem weiteren Lachen. „Jedenfalls wird es nicht gut aussehen, wenn ich dieses Meeting verpasse. Passen Sie auf sich auf."

„Gleichfalls. Oh, und Scott?" Ich halte inne. Seine Augenbrauen heben sich. „Sie werden Alexis nichts darüber sagen, oder?"

„Kein Wort. Sie mag Sie, will sich aber keine Hoffnungen machen." Er lächelt noch einmal. Was meint er damit? Ich schiebe den Gedanken beiseite. Er neckt mich nur. Scott neckt immer alle um ihn herum.

Was meint er damit, dass sie sich keine Hoffnungen machen will? Hat sie das gesagt?

Gibt es doch eine Chance?

16

ALEXIS

Schnell gehe ich zum Taxi, das draußen auf mich wartet. Was ist über mich gekommen? Ich musste so schnell wie möglich da raus. Clay sollte keine falschen Ideen bekommen, und ich habe keine Ahnung, wie das funktionieren soll.

Ein großer Teil von mir möchte eine Beziehung zu ihm haben, aber die rationalere Seite weiß, dass dies niemals passieren wird. Er ist weit außerhalb meiner Liga, und der Sex mit mir war vielleicht nicht so sehr ein Ausdruck der Liebe, als dass er einfach Befriedigung haben wollte.

Es gibt zu viele Alarmsignale, um sich auf ihn einzulassen. Ich muss von ihm wegkommen.

Mein Telefon summt. Diese Nummer kenne ich nicht. Ich öffne neugierig die SMS.

Hey, Alexis, hier ist Clay. Wir hatten heute keine Gelegenheit, uns zu unterhalten. Ich frage mich, ob du eine Tasse Kaffee mit mir trinken möchtest, um alles zu klären.

Ich warte eine Minute und lese die SMS noch einmal.

Wie hast du meine Nummer bekommen?

Die Antwort kommt sofort.

Sandy hat sie mir gegeben. Was sagst du?

Ich verdrehe die Augen. Natürlich würde Sandy nur zu gern meine Nummer ohne meine Erlaubnis herausgeben. Mr. Scott würde das nicht tun. Er weiß zu gut, dass ich sauer bin, wenn das passiert. Mehr Leute sollten das respektieren – es gibt so viel Klatsch im Kaufhaus! Jeder glaubt das Recht zu haben, die Informationen anderer weiterzugeben.

Das können wir tun, aber ich habe nicht viel Zeit. Ich drücke *Senden*, bevor ich weiter darüber nachdenke. Ein Teil von mir möchte sich mit ihm treffen, und ein anderer Teil möchte die ganze Situation vermeiden.

Das ist in Ordnung. Treffen wir uns in Gregorys Diner? Wenn du nichts dagegen hast. Der Kaffee dort ist großartig. Einverstanden?

Wieder zögere ich. Er wartet auf eine Antwort, aber ich kann ihm keine senden. Schließlich tue ich es doch.

Also gut, ich werde da sein. Aber ich habe wirklich nicht viel Zeit.

Der Fahrer erhält neue Anweisungen und biegt ab. Ich lehne mich zurück und seufze. Er wird über letzte Nacht reden wollen. Zumindest bin ich mir dessen ziemlich sicher. Was werde ich sagen? Ich kann ihm nicht die Wahrheit sagen. Wenn er herausfindet, dass er mein Erster war und wie ich ihn finde, denkt er, ich bin nur irgendeine Frau, die ihre Unschuld verloren hat.

Aber wenn ich ihn anlüge, betrüge ich mich um das, was möglicherweise eine gute Beziehung sein könnte. Es sind schon seltsamere Dinge passiert, und es würde mich nicht wundern, wenn mehr aus uns wird.

Zumindest kann ich darauf hoffen.

Wir halten vor dem Diner, und ich bezahle und steige aus dem Taxi. Es ist ein geschäftiger Ort, aber es wird nicht schwierig sein, ihn zu finden. Nur wenige Menschen auf der Welt sehen in einem Anzug so elegant aus, und er trägt immer einen.

Zumindest, wenn er kein Weihnachtsmann ist.

Ich gehe hinein und suche im Raum nach einem vertrauten Gesicht. Clay sitzt mit dem Rücken zu mir an der Frühstücksbar. Das ist etwas, das ich an diesem Diner wirklich mag. Ich habe vor, sofort etwas zu bestellen. Dann habe ich den Impuls, hinter ihn zu treten.

Es ist unreif, aber lustig. Je näher ich ihm komme, desto stärker wird der Drang, ihm einen Streich zu spielen. Er telefoniert mit jemandem. Das wird es noch lustiger machen. Ich bin fest entschlossen, seine Aufmerksamkeit erst dann zu erregen, wenn ich ihn erschrecken kann.

Andere Leute im Diner schauen in meine Richtung, aber sie scheinen amüsiert darüber zu sein, was passieren wird. Keiner von ihnen verrät mich.

„Hören Sie, Larry, stellen Sie sicher, dass alles einwandfrei ist", sagt Clay in sein Handy. Ich weiß nicht, wer Larry ist, aber Clay spricht oft mit ihm.

„Nein, das ist keine gute Methode. Nein, ich werde nicht weich. Wir haben eine Chance, und ich möchte sie nicht wie beim letzten Mal verpassen. Ich habe gestern mit dem Eigentümer des Gebäudes gesprochen. Ja, Scott. Er sagte, er sei auf dem Weg zu einem Meeting, das vielleicht verhindern kann, dass das Geschäft untergeht. Ist das wahr?" Clay spricht leise, aber ich stehe nahe genug, um jedes Wort zu hören.

Mein Herz sinkt in meinen Bauch und rast gleichzeitig. Dass das Kaufhaus untergehen könnte, war klar, aber Clay hat nie erwähnt, dass er etwas damit zu tun hat. Tatsächlich tat er immer so, als wäre er genauso überrascht darüber wie der Rest von uns.

Ich atme tief ein und warte darauf, mehr zu hören, bevor ich Schlussfolgerungen ziehe.

„Hören Sie, wenn wir diesen Deal abschließen wollen, müssen wir es richtig machen. Ich will nicht schon wieder in Schwierigkeiten geraten. Das liegt hinter mir, und ich beabsichtige, dass es so bleibt", erklärt Clay. Das ist alles, was ich hören muss.

Ein Geräusch entweicht meiner Kehle. Es ist teilweise ein Schluchzen und teilweise ein Keuchen, aber genug, um Clays Aufmerksamkeit zu erregen. Er dreht sich überrascht um und beendet dann schnell den Anruf.

„Hören Sie, Larry, wir werden später darüber reden. Nein, es ist mir egal, was Sie dazu zu sagen haben, wir reden später darüber!" Er legt auf, während der andere Mann noch redet. Er sieht mich erstaunt an.

„Ich hätte nicht gedacht, dass du so bald hier bist. Sonst hätte ich diesen Anruf später erledigt", sagt er mit grimmigem Gesicht. Er versucht höflich zu sein, aber ich kann ihn durchschauen. Er weiß, dass er erwischt worden ist.

„Was zum Teufel war das? Glaubst du wirklich, dass du damit durchkommst?"

„Es ist nicht so, wie du denkst." Er erhebt sich von seinem Stuhl und legt seine Hand auf meine Schulter.

„Fass mich nicht an! Du bist ein Lügner! Ich will nichts mit dir zu tun haben!" Ich kämpfe darum, meine Stimme leise zu halten, aber es ist zu spät. Die anderen Gäste schauen uns bereits an, auch wenn sie versuchen, es unauffällig zu tun.

„Du weißt nicht, was du gehört hast!", zischt Clay zurück. Er hat Temperament. Aber ich habe das auch, und ich werde nicht hier sitzen und ihm zuhören, wie er mir Lügen erzählt, wenn ich weiß, was gesagt wurde.

„Weiß Scott davon?"

„Nein, und ich würde mich freuen, wenn du ihm nichts sagst. Du weißt wirklich nicht, was du gerade gehört hast, und ich werde hier mitten im Diner nicht mit dir streiten", sagt Clay in einem ruhigeren Ton.

„Nun, du musst dir keine Sorgen um Streit mit mir machen, weil ich dich niemals wiedersehen will!" Ich möchte wütend klingen, aber alles, was herauskommt, sind Tränen und Schluchzen. Alle starren uns jetzt an, und ich kann es nicht mehr aushalten.

Ich drehe mich um, gehe zur Tür hinaus und ignoriere Clays Aufforderung, zurückzukommen.

Ich weiß, was er gesagt hat, und er kann sich zum Teufel scheren.

17

EINE WOCHE SPÄTER

CLAY

„Ich verstehe das nicht. Es sieht Alexis überhaupt nicht ähnlich, ihre Pflichten zu vernachlässigen. Was hat sie so aufgebracht?" Mr. Scott schüttelt den Kopf. „Ich dachte, Sie beide verstehen sich gut."

„Als ich das letzte Mal vor dem Treffen mit ihr mit Ihnen gesprochen habe, sagten Sie, dass sie Stimmungsschwankungen hat."

„Ja. Aber es ist ein Unterschied, ob jemand schlechte Laune hat oder vom Erdboden verschluckt wird." Mr. Scott schüttelt den Kopf. „Sie hat so etwas bis zu einem gewissen Grad getan, aber noch nie so. Was auch immer passiert ist, muss sie wirklich aus dem Gleichgewicht gebracht haben."

„Sie hat einen Teil meines Gesprächs am Telefon gehört und falsch verstanden, was los ist", sage ich verärgert. Ich habe es ihm schon mehrmals erklärt, aber er gibt sich damit nicht zufrieden. Er versucht herauszufinden, was gesagt wurde, aber ich kann es ihm nicht verraten. Erst wenn ich mehr Details habe.

„Was hat sie gehört? Ich bitte Sie nicht, mir das gesamte

Gespräch zu erzählen, aber was hat sie möglicherweise gehört, das sie so wütend gemacht hat?", drängt er.

„Es war ein privates Gespräch, und sie hat mitgehört. Sie hätte reifer sein und mit mir sprechen können, anstatt wegzulaufen. Es ist uns beiden gegenüber nicht fair." Ich lasse die Wut in meiner Stimme durchklingen. Es ist mir egal, was er denkt.

„Es ist sicherlich nicht fair gegenüber dem Unternehmen. Ich war darauf angewiesen, dass sie bis zum Ende der Weihnachtszeit ihren Job macht. Ich bezweifle, dass wir ohne sie so viele Kunden anziehen können", seufzt er.

„Die Hauptattraktion ist der Weihnachtsmann. Wo liegt also das Problem?" Ich weiß, dass ich nicht nett bin, aber ich bin seine Versuche leid, mehr über meine Geschichte herauszufinden.

„Es ist Teamarbeit. Sie locken die Leute zu uns, und sie bringt sie zu Ihnen. Es ist egal, ob wir tausend Leute in einer Schlange haben, wenn das totale Chaos herrscht", sagt Mr. Scott ziemlich scharf. Es ist selten, dass er so heftig reagiert, aber nach der harten Woche, die hinter ihm liegt, ist er am Ende seiner Geduld.

Bis Weihnachten sind es nur noch wenige Tage, und dann wird alles hier zugrunde gehen. Wir nähern uns den wichtigsten Tagen des Jahres, und er möchte so viel Druck wie möglich machen, um den Umsatz zu steigern.

„Hören Sie, am Ende des Tages war es ihre Entscheidung zu gehen. Sie können mir nicht die Schuld daran geben", bemerke ich immer noch harsch.

Ich benehme mich so, als wäre es mir egal, aber das Gegenteil ist der Fall – es interessiert mich sehr. Ich habe versucht, Alexis zu erreichen, seit sie aus dem Diner gerannt ist. Sie antwortet nicht auf Anrufe oder SMS. Ich würde vorbeischauen und mit ihr reden, aber ich habe nicht die geringste Ahnung, wo sie lebt.

Das einzige Mal, dass wir außerhalb der Arbeit zusammen waren, war in der Nacht, als sie mit mir nach Hause kam, und später in dem Diner. Ich weiß wirklich nicht viel über diese Frau.

„Klingt so, als hätte sich das Blatt gewendet. Es hat den Anschein, als würden Sie sich allmählich mögen", kommentiert Scott.

„Wie zum Teufel kommen Sie darauf?" Ich möchte nicht mehr darüber reden, und er macht immer weiter.

„Ich werde die Liebe nie verstehen, um ehrlich zu sein." Er schüttelt den Kopf.

„Warum reden Sie von Liebe? Ich bin nicht in sie verliebt!" Ich möchte nicht schreien. Das Letzte, was ich möchte, ist, dass es jemand anderer hört und weiter verbreitet ... Ich möchte die Situation nicht noch schlimmer machen.

„Die Art, wie Sie sie ansehen. Es steht in Ihrem Gesicht geschrieben, wenn Sie einen Moment innehalten, während Sie ein Kind auf Ihrem Schoß haben, und nachsehen, was sie tut. Oh, schauen Sie mich nicht so an. Ich sage nicht, dass es ein offensichtlicher Blick ist, aber er ist mir nicht entgangen. Ich bezweifle, dass er ihr entgangen ist." Da ist ein Funkeln in seinen Augen.

„Ich kann es Ihnen kaum zum Vorwurf machen. Ich bin in dieses Mädchen verliebt, seit sie das Kaufhaus betreten hat, um Hilfe für ihre Wohltätigkeitsorganisation zu suchen." Er schüttelt den Kopf mit einem wehmütigen Blick in seinen Augen. Es versetzt mir einen Stich, an Alexis' Organisation zu denken und daran, dass sie keinen Ort mehr haben wird, um Spenden zu sammeln.

Sie hatte viele Pläne. Sie erzählte mir mehr als einmal, wie wichtig es für sie war, und ich unterstützte sie auf jedem Schritt des Weges. Zumindest wollte ich das. Ich hoffe, sie versteht eines Tages, dass ich nicht die völlige Kontrolle über meine

Firma oder die Entscheidungen, die dort getroffen werden, habe.

Sie scheint zu glauben, dass ich der König der Welt bin und jedem, der durch meine Tür kommt, Vorschriften machen kann, obwohl ich tatsächlich von vielen anderen abhängig bin.

Wie sollte sie das wissen? Sie hatte ein Startup mit ein paar Visionen, aber ohne die Kraft, um sie zu verwirklichen. Das war einer der Gründe, warum ich mich in sie verliebt habe. Ich liebe diesen Ehrgeiz! Und ihre Ambitionen. Sie ist niemand, der sich von dem Mist um sie herum entmutigen lässt.

Zumindest, wenn sie nicht von dem Menschen verletzt wird, den sie liebt.

„Ihr Gefühl in allen Ehren, aber Sie haben das ganz falsch verstanden. Alexis will mich nicht wiedersehen. Das hat sie deutlich gemacht."

Mr. Scott seufzt. Er möchte mich trösten und mir sagen, dass sie nur wütend ist und sich wieder beruhigen wird. Er glaubt an Weihnachtswunder – für mich sind sie völliger Quatsch! Trotz der Magie dieser Jahreszeit kann es sein, dass nicht alles in Ordnung kommt.

Er kann nicht in die Zukunft sehen! Er hat gesagt, dass sie das noch nie zuvor gemacht hat, und versucht herauszufinden, was los ist. Aber genau wie ich hat er keine Ahnung. Trotzdem ist Alexis nicht gekommen, um ihm zu erzählen, was sie gehört hat.

Es ist bewundernswert, dass sie es nicht getan hat.

„Sie kommt irgendwann wieder zur Vernunft, und Ihr Leben wird wieder normal. Sie werden Ihr Geschäft retten und sie wird ihre Wohltätigkeitsorganisation haben, und wer weiß? Eines Tages verlieben Sie sich vielleicht ineinander", schlage ich schwach vor.

„Ach nein! Ich weiß Ihre Unterstützung in dieser Angelegenheit zu schätzen, aber ich bin zu alt für sie. Sie wird einen Mann in meinem Alter niemals eines Blickes würdigen", sagt er und lacht. „Ich brauche jemanden wie sie, aber in meinem Alter."

„Und eines Tages werden Sie diese Frau finden." Ich greife nach meinem Bart und ziehe ihn mir über den Kopf. „Die Pause ist vorbei und ich gehe besser wieder raus, um Brittany zu entlasten."

„Das Mädchen braucht alle Hilfe, die es bekommen kann, das ist sicher", lacht Scott. „Sie hätten den Ausdruck auf ihrem Gesicht sehen sollen, als ich ihr sagte, dass sie heute die Elfe ist."

Ich lache, aber mein Herz ist nicht dabei. Ich vermisse Alexis und wünschte, es gäbe eine Möglichkeit, sie zu erreichen. Keiner von uns möchte Scott einbeziehen. Es sieht so aus, als wäre er die einzige Hoffnung, wieder mit ihr in Verbindung zu kommen. Ich habe ein schlechtes Gewissen wegen dem, was passiert ist, und zugegebenermaßen hat sie mit ihren Verdächtigungen richtig gelegen.

Sie weiß nicht, dass ich auch mein Bestes tue, um dagegen anzukämpfen. Ich werde alles tun, um sicherzustellen, dass die *Berkshire Mall* im Geschäft bleibt.

Ich halte auf dem Weg zur Tür inne.

Vielleicht wird es das Schlimmste bedeuten.

18

ALEXIS

Ich schaue auf mein Handy und seufze. Ich helfe gerade beim Abendessen in einem örtlichen Obdachlosenheim. Keine Zeit, nervige Anrufe von Clay oder Mr. Scott anzunehmen. Mr. Scott ist einfach besorgt und fragt sich, wo ich gelandet bin, aber Clay versucht wieder zu reden.

Und das wird niemals passieren.

Ich bin unbeschreiblich verletzt. Ich spreche sonst nie über meine Wohltätigkeitsorganisation, weil dies die Idee zerstören würde, bevor sie Wirklichkeit wird. Bei Clay hatte ich den Eindruck, dass er anders ist.

Sicher, zuerst schien er ein Typ zu sein, der sich nur um sich selbst kümmerte, als er all diese Kinder auf seinem Schoß hatte. Aber je besser wir uns kennenlernten, desto mehr nahm ich ihn in einem anderen Licht wahr. Es gab sogar einen Teil von mir, der nicht glaubte, dass er die Verbrechen begangen hat, die ihm vorgeworfen wurden.

„Passen Sie bitte auf, was Sie tun, okay?" Greg, mein Chef, schiebt sich mit Tellern voller Essen an mir vorbei.

„Tut mir leid."

„Handys sind während der Schicht verboten", murrt er.

„Entschuldigung." Ich schiebe mein Handy in meine Tasche und kümmere mich um die Teller voller Essen vor mir. Meine Aufgabe ist es, das Abendessen zu portionieren und die Teller auf das Tablett zu stellen, aber manchmal ist es schwierig. Wir müssen die Portionen normal halten, aber so hungrig wie einige der Leute im Raum sind, sollten sie ein wenig mehr bekommen.

Ich habe keine Kontrolle darüber, wer welchen Teller bekommt, also muss ich mich an die Regeln halten.

Mein Telefon klingelt wieder. Ich blicke über meine Schulter. Greg ist im anderen Raum und verteilt die Teller. Er bewegt sich so schnell er kann, aber es gibt mir etwas Zeit, um die SMS zu lesen. Sie ist von Scott. Ein Teil von mir möchte ihm sagen, dass er mich in Ruhe lassen soll, ein anderer Teil kann es nicht.

Ich blicke zurück zu Greg, bevor ich den Text öffne.

Können Sie bitte noch heute in der Mall vorbeischauen? Ich möchte wirklich mit Ihnen reden.

Ich sende eine hastige Antwort, weil ich weiß, dass ich mein Handy schnell wieder wegräumen muss.

Es tut mir leid, Mr. Scott, aber ich kann mich nicht dazu überwinden.

Ich kehre zum Befüllen der Teller zurück. Mein Telefon klingelt noch einmal. Es ist wieder er.

Ich war immer gut zu Ihnen. Sie sollten mir zumindest eine Erklärung geben.

Mein Herz wird schwer, als ich das Telefon wieder in meine Tasche schiebe. Er hat recht. Er hat im Laufe der Jahre mehr für mich getan als jeder andere. Ich kann ihn nicht einfach im Stich lassen. Egal wie wütend ich auf Clay bin – ich sollte mich zumindest meinem Chef stellen.

Ich sage per SMS, dass ich da sein werde, aber auch, dass ich im Moment nicht telefonieren kann.

Mein Blick wandert immer wieder zur Uhr.

Ich komme in meiner Arbeitskleidung in der Mall an. Es ist mir egal, ob Teile der Truthahnfüllung und Soße auf der Vorderseite verteilt sind. Ich bin stolz auf meinen Beitrag für die Gemeinschaft und werde für niemanden damit aufhören.

Mein Herz klopft bei dem Versuch zu entscheiden, was ich Mr. Scott erzähle. Er hat es verdient, die Wahrheit zu erfahren, aber ich möchte Clay nicht verraten. Ein Teil von mir ist voller Mitgefühl für ihn, und ich möchte keine weiteren Probleme verursachen.

Wenn Mr. Scott es herausfinden würde, würde Clay bestimmt gefeuert werden. Er ist so kurz davor, seine Bewährungsstrafe abzuleisten. Ich möchte nicht diejenige sein, die ihn ins Gefängnis schickt, egal was er mir angetan hat. Solange ich ihn nicht sehe und nur mit Mr. Scott spreche, ist alles okay.

Er ist in seinem Büro.

„Da sind Sie ja! Bitte setzen Sie sich", sagt er herzlich. Ich gehorche, aber es gibt mir ein unangenehmes Gefühl.

„Wie geht es Ihnen?"

„Gut", erwidere ich.

„Sie sind ganz plötzlich gegangen", sagt er. „Es muss einen Grund dafür geben. Ich dachte, Sie würden über die Feiertage hinaus bleiben, um Ihre Wohltätigkeitsorganisation aufzubauen."

„Das habe ich auch einmal gedacht, aber wissen Sie, die Dinge ändern sich", sage ich grimmig.

„Aber was hat sich geändert? Es muss etwas vorgefallen sein. Ich kenne Sie gut genug. Auf keinen Fall hätten Sie mich einfach so im Stich gelassen." In seiner Stimme liegt Schmerz, aber ich kann die richtigen Worte nicht finden.

„Es lag nicht an Ihnen oder an irgendetwas, das Sie getan haben. Glauben Sie mir." Ich schlucke schwer. „Es ist nur so, dass ich neue Informationen erhalten habe, die nicht sehr gut waren, also habe ich mich entschieden zu gehen."

„Was für Information?"

„Das kann ich nicht sagen."

„Vielleicht wäre es einfacher zu erklären, wenn ich Clay hierher holen würde. Er ist genauso verwirrt wie ich über das, was passiert ist, und Sie beide könnten zusammen eine Lösung finden", sagt er fröhlich.

„Nein, tun Sie das nicht!" Ich halte meinen Arm zur Tür. Mr. Scott hört nicht zu. Er öffnet sie, und Clay kommt herein. Sofort bin ich wieder voller Wut. Ich möchte Clay nicht sehen! Ich bin sauer auf alle beide, weil sie mich in diese missliche Lage gebracht haben.

„Hey", platzt Clay heraus. Ich schaue nach unten und weigere mich zu antworten.

„Es ist klar, dass du nicht mit mir reden willst, aber es gibt ein paar Dinge, die wir besprechen müssen", drängt er.

„Ja, setzen Sie sich zusammen und reden Sie. Ich bin hier, um zu vermitteln. Auf diese Weise erhalten wir alle Antworten, beseitigen Missverständnisse und verlassen das Büro glücklich", sagt Scott optimistisch, als er sich setzt.

„Du bist ein Idiot, wenn du denkst, dass ich hier sitze und die Böse bin, Clay!", rufe ich. „Du bist derjenige, der alles ruiniert, nicht ich!"

„Wovon reden Sie?", fragt Mr. Scott. Clay wird unruhig, und ich muss meine Worte sorgfältig wählen. Ich möchte ihn immer noch nicht verraten, aber es wird mit jedem Moment verlockender.

„Du hast Dinge gehört, die nicht für dich bestimmt waren, und hast überreagiert", sagt Clay, nachdem er sich geräuspert hat.

„Ich habe dich am Telefon gehört! Was du gesagt hast, war so klar wie das, was ich gerade höre. Wage es nicht, mir etwas anderes einzureden!" Meine Stimme ist leise und fest.

„Du hast etwas belauscht und versuchst jetzt, es gegen mich zu verwenden", erklärte Clay.

„Warum zum Teufel sollte ich das tun?" Ich lache. „Was würde das bringen?"

„Das weiß ich nicht. Du bist diejenige, die es tut!", knurrt Clay.

„Ich sage nur die Wahrheit. Ich entlarve dich als Lügner und zerstöre das Bild des Engels, für den dich alle gehalten haben!" Ich senke meine Arme an meine Seiten, während ich schreie. Es ist mir egal, ob jemand im Flur mich hört. Ich bin sauer und werde es die Welt wissen lassen.

„Okay, Sie müssen sich beide beruhigen", wirft Mr. Scott ein. „Worüber reden Sie?"

„Clay hat vor, das Kaufhaus aufzukaufen, weil er genauso gierig ist wie sein Konzern!", zische ich. „Er kümmert sich nicht darum, was aus Ihnen, mir oder sonst irgendjemandem von uns wird!"

„Ganz ruhig!", besänftigt mich Mr. Scott. „Atmen Sie tief ein und setzen Sie sich wieder hin. Wir gehen dieser Sache auf den Grund."

„Fragen Sie ihn!", sage ich trotzig. „Da Sie darauf bestanden haben, dass er hereinkommt, können Sie genauso gut selbst mit ihm reden."

„Clay hat recht. Sie haben falsch verstanden, was los ist, und Sie denken nicht klar darüber nach", verkündet Scott.

„Wovon zum Teufel reden Sie?", frage ich empört. „Männer wie er wissen, was sie tun!"

„Ich kann ihm keine Gesetzesverstöße nachweisen und weiß nicht, was er getan haben soll", sagt Mr. Scott mit Wut in seiner Stimme. Es ist selten, dass er wütend auf mich ist, aber es passiert. Warum ist er jetzt wütend? Ich fühle mich dadurch nur noch schlechter.

Das alles geschieht direkt vor seiner Nase, und er merkt es nicht.

„Wenn Sie so naiv sind zu glauben, dass er nicht in der Lage ist, so etwas zu tun, dann haben Sie den Zeitungen nicht viel Aufmerksamkeit geschenkt." Ich werde trotzig.

„Seine Vergangenheit geht uns nichts an", sagt Scott. Clay sitzt während der ganzen Diskussion ruhig da, und ich versuche, seinen Gesichtsausdruck zu deuten – ohne großen Erfolg.

„Ich werde nicht hier sein, um zuzusehen, wie alles ruiniert wird. Sie können mich haben oder Clay. Wir wissen beide, für wen Sie sich entscheiden werden." Ich werfe meine Haare zurück. Mr. Scott sieht mich an, als würde er denken, ich hätte den Verstand verloren, aber ich habe tatsächlich eine Entscheidung getroffen.

Ich werde nicht für ein Unternehmen arbeiten, das untergeht, und nicht für einen Mann, der mir nicht glaubt. Oder einen, der langsam meinen Lebenstraum stiehlt. Mr. Scott wird irgendwann herausfinden, was los ist, aber ich werde dann nicht mehr da sein.

„Ich wünsche Ihnen einen guten Tag." Ich nicke zum Abschied. Mr. Scott sieht immer noch verwirrt aus, und Clay scheint bestürzt darüber zu sein, dass ich meine Drohung wahrmache. Er weiß, dass Mr. Scott und ich lange Zeit Freunde waren, aber ich werde beiden beweisen, dass ich nicht an einem Ort arbeite, an den ich nicht glaube.

Ich drehe mich um, gehe aus der Tür und knalle sie hinter mir zu. Ich möchte nicht hören, wie Mr. Scott mich bittet, es noch einmal zu überdenken oder gar zurückzukommen und mit ihnen zu sprechen. Ich habe gesagt, was ich zu sagen hatte, und sie haben ihre Haltung klargemacht.

Clay kann das Kaufhaus haben. Ich habe immer schon hart

gearbeitet und bin entschlossen, mich auch von diesem Rückschlag zu erholen.

Irgendwie werde ich die Wohltätigkeitsorganisation zu einem Erfolg machen.

19

CLAY

Den Rest meines Tages verbringe ich mit dem Versuch, die Kinder glücklich zu machen, aber ich habe es geht mir miserabel dabei. Es ist schwer, ein lustiger Weihnachtsmann zu sein, wenn meine Welt um mich herum zusammengebrochen ist. Ich bin zerrissen. Sie war im Büro so verärgert – es zeigte sich in ihrem Gesicht.

Höchstwahrscheinlich sehe ich sie nie wieder, und das bricht mir das Herz. Ich habe mich noch nie so sehr in eine Frau verliebt. Sicher, es gab einige, mit denen ich mehrmals Sex haben wollte, aber ich hatte nie das Gefühl, die Frau getroffen zu haben, mit der ich den Rest meines Lebens verbringen könnte.

Zu wissen, dass ich diese Chance hatte und sie jetzt weg ist, ist mehr, als ich ertragen kann. Sie hatte den Traum, ihre Wohltätigkeitsorganisation hier im Kaufhaus aufzubauen. Mr. Scott und die anderen, die hier arbeiten, sind ihr sehr wichtig. Sie möchte nicht dabei zusehen, wie alles verschwindet.

Sie ist offensichtlich verärgert über ihn, weil er die Wahrheit nicht sehen will. Es tut mir weh, dass ich nicht für sie eingetreten bin, als sie mich brauchte. Ich habe geschwiegen und sie wie eine Idiotin vor einem ihrer besten Freunde aussehen lassen. Sie tut mir leid.

Ich muss es wiedergutmachen. Aber wie? Der einzige Weg ist, sie hierher zurückzubringen – und diesen Ort zu retten. Es wird nicht einfach sein. Ich muss etwas tun, was ich nicht tun möchte.

„Der Nächste!" Ich arbeite wieder mit Brittany zusammen, und sie ist sich nicht sicher, wie sie mit der Menge umgehen soll. Sie versucht es, ist aber ziemlich überwältigt. Es ist Heiligabend und damit auch die letzte Chance, dass die Kinder den Weihnachtsmann sehen.

Das nächste Kind eilt herbei und klettert auf meinen Schoß. Der Junge sieht mich mit seinen großen Augen nervös an.

„Hallo, junger Mann! Und was möchtest du zu Weihnachten?" Ich hoffe, die Eltern besorgen den Kindern alles, was sie wollen. Obwohl ich kein echter Weihnachtsmann bin, hoffe ich, dass jedes dieser Kinder morgen Abend an ihn glauben wird.

Es ist ein Wunsch, den Alexis in mir geweckt hat, und eines der Dinge, die ich im kommenden Jahr nicht verlieren möchte. Wie viele Dinge an mir werden sich ihretwegen noch ändern? Ich bin mehr als bereit, Änderungen für sie vorzunehmen.

„Santa?", fragt der Junge, bevor er wieder von meinem Schoß rutscht.

„Was ist, junger Mann?" Es ist sehr förmlich, so zu reden, aber ich habe keine Wahl. Es gibt Regeln im Kaufhaus und ich muss sie befolgen, auch wenn ich freundlicher zu ihm sein möchte.

„Was willst du zu Weihnachten?" Er sieht mich mit seinen großen braunen Augen an. Keines der anderen Kinder hat mich das jemals gefragt. Die meisten hatten zu viel Angst, um mehr zu tun, als zu flüstern, was sie wollten, und dann in die Kamera zu schauen, während ihre begeisterten Eltern sie fotografierten.

„Weißt du, was du willst?", drängt er.

„Santa, wir müssen weitermachen", unterbricht uns Brittany. Sie will unser Gespräch nicht beenden, aber sie hat auch Regeln zu befolgen. Es ist ihre Aufgabe, alles am Laufen zu halten. Seit wir angefangen haben, war noch nie so viel los wie jetzt, und ich bin selbst ein bisschen überfordert.

„Weißt du, was ich will?" Ich weiß, dass ich zum Ende kommen muss.

Er schüttelt den Kopf.

„Ich will Weihnachten mit meiner Familie verbringen."

Seine Augen werden noch größer als zuvor, und er lächelt. „Das will ich auch."

Er hüpft von meinem Schoß, und ich lächle, als er den Gang zurück zu seinen Eltern läuft. Seine Mutter hält ein Baby in den Armen, das noch zu klein ist, um zu wissen, was Weihnachten bedeutet. Es ist eine glückliche Familie, und der Junge meinte, was er sagte.

Was wollte er vor seiner Frage? Ich hoffe wirklich, dass er es bekommt. Irgendwie erinnert er mich an Alexis, und ich bin entschlossener denn je, meinen Plan umzusetzen.

Am Ende der Schicht rast mein Herz, als ich zurück zu Mr. Scotts Büro eile. Wir haben den ganzen Tag nicht viel geredet, nicht seit Alexis in sein Büro gekommen ist. Ich muss mit ihm sprechen, und er muss die Wahrheit wissen.

„Kann ich Sie einen Moment stören?" Ich klopfe an seine offene Tür. Er sieht mich überrascht an.

„Ja, bitte kommen Sie rein. Ich wollte auch mit Ihnen reden."

„Sie zuerst." Er wird nicht klar denken können, wenn er hört, was ich ihm sage.

„Ich wollte mich für das entschuldigen, was vorhin passiert ist. Alexis ist manchmal nicht bei Verstand und geht oft von dem Schlimmsten aus ..."

„Nein, lassen Sie mich sprechen", unterbreche ich ihn. „An dem, was sie sagte, war viel mehr wahr, als ich zugegeben habe."

Seine Augenbrauen heben sich. „Die einzige Möglichkeit, um sie in dieses Kaufhaus zurückzuholen, ist, dass ich alles wiedergutmache. Also bin ich ehrlich. Ich verlasse meine Freiwilligenposition und möchte, dass Sie diesen Scheck annehmen."

„Was? Sie haben nur noch zwei Tage! Wenn Sie nicht bis zum Ende durchhalten, landen Sie im Gefängnis!", sagt Scott alarmiert.

„Lesen Sie einfach den Brief in dem Umschlag. Er wird alles erklären. Dieses eine Mal in meinem Leben muss ich das Richtige für alle anderen tun. Ich kann nicht mehr als Egoist durchs Leben gehen. Ich muss mehr als das tun."

Er sieht mich verblüfft an, als ich mich umdrehe und das Büro verlasse. Er nimmt den Brief vom Schreibtisch und ich drehe mich um. „Geben Sie mir ein paar Minuten. Ich möchte nicht hier sein, wenn die Polizei auftaucht. Das wäre für die Kinder zu traumatisch."

Sein Mund öffnet sich, und er möchte etwas sagen, aber er ist so geschockt, dass er nicht weiß, wo er überhaupt anfangen soll.

Andererseits möchte ich nichts von ihm hören. Ich möchte hier raus und noch ein paar Drinks genießen, bevor ich Weihnachten hinter Gittern verbringe. Irgendwie ist es besser, als ich dachte. Die Scham und die Angst, die ich vorher gefühlt habe, sind verschwunden.

Endlich habe ich das Gefühl, das Richtige getan und mit meiner Entscheidung Frieden geschlossen zu haben.

Auch wenn sie bedeutet, dass ich eingesperrt werde.

ALEXIS

„Ich sagte, ich bin im Obdachlosenheim." Ich habe einen verärgerten Unterton in meiner Stimme. Ich möchte nicht mit Scott sprechen, aber er ist wieder unerbittlich, bis ich ans Telefon gehe.

„Das müssen Sie hören." Seine Stimme ist aufgeregt, und ich seufze.

„Okay, aber ich muss gleich wieder rein. Der Leiter kann Freiwillige feuern, und das möchte ich nicht in meinem Lebenslauf haben." Ich klinge verärgert, aber nach der Art, wie er mich behandelt hat, ist es mir egal. Ich werde ihn nicht mit dem gleichen Respekt behandeln, wenn er mich im Grunde als Lügnerin bezeichnet.

„Zuallererst tut es mir leid", fängt er an.

Ich seufze. „Ist das alles?"

„Nein, da ist noch etwas anderes, und Sie werden schockiert sein, wenn Sie hören, was es ist." Wieder ist Erheiterung in seiner Stimme.

„Kommen Sie schon, sagen Sie es mir."

„Okay, also es ist so."

MEIN HERZ RAST, als ich vor Clays Penthouse ankomme. Es ist nicht die beste Idee, unangekündigt dort aufzutauchen, aber ich muss ihn sehen. Ich klingele und warte, während mein Herz immer noch wild schlägt.

Er öffnet die Tür ein paar Sekunden später und ist überrascht, mich zu sehen.

„Hey", sagt er.

„Sie hat die Anklage fallen lassen!" Ich lächle. Ein verwirrter Ausdruck macht sich auf seinem Gesicht breit.

„Was?"

„Die Staatsanwaltschaft. Als sie von der Spende hörten und erfuhren, was du für das Kaufhaus getan hast, haben sie alle Anklagepunkte fallen lassen! Du bist ein freier Mann!" Bevor er die Möglichkeit hat zu antworten, werfe ich mich auf ihn. Unsere Münder treffen sich, und ich fange an, ihn zu küssen. Vor nicht allzu langer Zeit war ich noch Jungfrau, aber ich weiß schon eine Weile, wie man küsst.

Ich schiebe meine Zunge in seinen Mund. Er stöhnt, hebt mich hoch und trägt mich zu seinem Bett. Wir atmen schon schwer, als er mir meine Jacke auszieht und dann das Kleid, das ich darunter trage. Meine Hände sind an seiner Kleidung, zerren an seinem T-Shirt und machen sich dann an seiner Jeans zu schaffen.

Er hilft mir, sie ihm auszuziehen, und klettert dann auf dem Bett über mich. Unsere Lippen treffen sich. Er ist auf mir, sein Körper ist an meinen gedrückt und seine Hände erforschen mich genauso leidenschaftlich wie seine Zunge. Ich stöhne und winde mich auf den Laken unter ihm. Dann spreize ich meine Beine und drücke meine Hüften gegen seinen harten Schwanz, während ich ihn anflehe, in mich einzudringen.

Clay wartet nicht lange. Er nimmt seinen Schwanz in die

Hand, drückt ihn an mein enges Zentrum und gleitet in mich hinein. Ich schreie vor Schmerz, aber nicht mit der gleichen Intensität wie zuvor. Ich liebe es, seine ganze Länge in mir aufzunehmen.

Er stößt sich in mich, während ich meine Hüften gegen seine reibe. Wir haben den gleichen Rhythmus – er über mir, während ich ihn mit beiden Armen umklammere. Ich drücke seinen Körper an meinen, lege meine Hand auf seinen Hintern und schiebe ihn in mich hinein.

Sein Schwanz bewegt sich kreisförmig in mir und berührt mich genau dort, wo ich berührt werden will. Jede neue Bewegung bringt mich näher und näher an meinen Höhepunkt, und ein Schrei steigt in mir auf.

„Komm für mich, Baby", sagt er mit Leidenschaft. „Ich will, dass du kommst."

Der Orgasmus überwältigt mich und sendet Wellen der Leidenschaft und des Vergnügens durch meinen ganzen Körper. Fast zur gleichen Zeit pulsiert sein Schwanz in mir, während er mich mit seinem Samen füllt. Ich stöhne und halte ihn, während er kommt und den Moment genießt.

Als unsere Orgasmen nachlassen, schaut er mir in die Augen und streicht mir die Haare aus dem Gesicht.

„Ich kann nicht glauben, dass du hier bist."

„Ich kann nicht glauben, was du für mich getan hast. Für uns", flüstere ich. „Danke."

„Ich bin stolz darauf, jemanden zu unterstützen, der an etwas glaubt. Baue deine Organisation auf und beginne, Leben zu retten. Ich glaube an dich."

Seine Lippen treffen meine, und wir teilen einen langen, leidenschaftlichen Kuss, bei dem unsere Körper immer noch aneinandergepresst sind und sich zusammen bewegen. Er wird langsam weich in mir, aber ich möchte nicht, dass er geht. Ich habe mich noch nie so mit jemandem verbunden gefühlt und wünschte, dieser Moment könnte ewig dauern.

„Es gibt aber ein Problem", sagt er.

„Welches?"

„Was ist mit dir und mir?"

Ich sehe ihn überrascht an. „Was meinst du mit *dir und mir*?"

„Du bist die erste Frau, die mir das Herz gestohlen hat, und ich möchte nicht, dass diese Sache zwischen uns endet. Natürlich muss ich wieder in mein Leben als CEO zurückkehren, aber ich kann mir dennoch die Zeit nehmen, hin und wieder ins Kaufhaus zu kommen. Ich würde gern sehen, wie deine Wohltätigkeitsorganisation wächst", sagt er leise.

„Bittest du mich, deine Freundin zu sein?" Ich lasse den Schock in meiner Stimme durchklingen.

„Möchtest du einen Freund zu Weihnachten?", fragt Clay mit einem neckischen Lächeln. Mein Herz setzt einen Schlag aus. Ich hätte nie gedacht, dass er jemals darüber nachdenken würde. Ich hatte nur vor, ihn noch einmal zu ficken, weil es eine perfekte Möglichkeit war, meine Dankbarkeit zu zeigen.

Zu wissen, dass er mehr als nur Freunde sein möchte, ist ein völliger Schock, und ich kann nichts anderes tun, als mich an seine Brust zu kuscheln.

„Ist das ein Ja?" Er lacht und rollt sich von mir herunter. Ich kuschle mich wieder an ihn. Schnee fällt vor dem Fenster, und ein Sonnenstrahl füllt den Raum.

„Das ist definitiv ein Ja", sage ich schließlich. Er beugt sich vor, küsst meine Stirn und streichelt meinen Arm. Ich habe meine Familie vor Jahren durch eine Tragödie verloren und wollte den Rest meines Lebens darauf verwenden, anderen Menschen in Not zu helfen. Ich hatte nicht ein einziges Mal gedacht, ich würde einen Mann wie Clay finden, und es ist großartig, dass ich es getan habe.

„Ich denke, wir sollten ausgehen", sagt Clay.

„Bist du sicher?", frage ich widerwillig.

„Das bin ich." Sein Lächeln lässt mein Herz schneller schlagen. „Ich möchte meine neue Freundin an Weihnachten ausführen und Spaß haben."

Langsam breitet sich ein Lächeln auf meinem Gesicht aus, als er aus dem Bett steigt.

„Was sagst du?" Er sieht mich an und streckt die Hand aus. Ich nehme sie und sehe in seine Augen.

„Ich hole meinen Mantel."

ENDE

© Copyright 2020 Jessica Fox Verlag - Alle Rechte vorbehalten.
Das Werk, einschließlich aller seiner Teile, ist urheberrechtlich geschützt. Jede Verwertung ist ohne Zustimmung des Verlages und des Autors unzulässig. Dies gilt insbesondere für die elektronische oder sonstige Vervielfältigung. Alle Rechte vorbehalten.
Der Autor behält alle Rechte, die nicht an den Verlag übertragen wurden.

❈ Erstellt mit Vellum

www.ingramcontent.com/pod-product-compliance
Lightning Source LLC
LaVergne TN
LVHW011727060526
838200LV00051B/3067